THUVIA, VIERGE DE MARS

Titre original :

THUVIA, MAID OF MARS

Traduction française :

22, rue Huyghens, 75014 Paris

ISBN : 2-226-03580-X
ISSN : 0-986-4253

EDGAR RICE BURROUGHS

THUVIA, VIERGE DE MARS

Traduction du texte intégral anglais
et postface
de Charles-Noël MARTIN

ALBIN MICHEL

Ce quatrième titre dans l'ordre chronologique, des *John Carter* – série également dite *Épopée martienne* – a été écrit un peu moins hâtivement que le précédent – fait en un mois ! – mais quand même en un peu plus de deux mois, à peine, puisque du 16 avril au 20 juin 1914.

Edgar Rice Burroughs avait ainsi répondu au court délai imposé par le rédacteur en chef de *THE ALL-STORY*, lequel désirait une parution en feuilleton assez groupée : or, le troisième s'était achevé avec la livraison de mars 1914. Seulement, la Grande Guerre éclata en Europe et, sur ces entrefaites, la prépublication en feuilleton ne se fit que les 8, 15 et 22 avril 1916, dans la nouvelle formule hebdomadaire : *ALL-STORY WEEKLY*, succédant à l'ancien *THE ALL-STORY* mensuel, où avaient été prépubliés les trois premiers volumes de la série : en 1912, 1913 et 1914.

Le titre du manuscrit était simplement : *CARTHORIS* (de Carter et Thoris), lequel devint, à la publication : *THUVIA, MAID OF MARS*, définitivement conservé, lors de la parution en volume, qui n'intervint que le 30 octobre 1920, toujours chez l'éditeur de Chicago : A.C. McClurg & C°.

***

Pour ce qui est de la première – et seule – traduction française à cette date, elle ne parut qu'en 1971 (aux *Éditions Publications Premières*, Paris) dans la collection *Édition Spéciale, qui se proposait de faire l'intégrale de l'œuvre d'Edgar Rice Burroughs. Le titre en fut :* LA PRINCESSE DE MARS, traduction d'Anne Villelaur, comme le précédent, troisième de la série.

Signalons ici, que le premier volume de la série martienne : *UNE PRINCESSE DE MARS*, le second : LES DIEUX DE MARS, le troisième : *LE GUERRIER DE MARS*, et ce quatrième : *THUVIA, VIERGE DE MARS* se trouvent avoir une unité particulière puisque composés dans un ordre chronologique de 1911 à 1914.

Les suivants, qui portent les numéros 5 à 9, seront écrits de manière beaucoup plus espacée, à plusieurs années d'intervalle les uns des autres : respectivement en 1921, 1925, 1928, 1933 et 1938.

Quant aux deux derniers – les numéros 10 et 11 ils furent posthumes, faits de la simple réunion de nouvelles, écrites en 1940 et 41.

Néanmoins, trente années de continuité dans la genèse de cette véritable saga, cela représente un exploit réel et une continuité d'esprit remarquable, qu'il convient de souligner et admirer.

CH.-N. M.

CHAPITRE I

Carthoris et Thuvia

Sous un pimalia géant dont les somptueuses fleurs surplombaient le banc massif d'ersite polie, une jeune fille assise tapotait nerveusement, agacée ou impatiente, un de ses jolis pieds chaussés de sandales. Et cela sur un sol incrusté de gemmes précieuses qui entourait les majestueux sorapus, plantés au milieu de la pelouse écarlate, dans les jardins royaux de Thuvan Dihn, le Jeddak de Ptarth [1].

Un guerrier à la peau rougeâtre et aux cheveux noirs, penché sur elle, lui murmurait à l'oreille des paroles enflammées :

– Ah ! Thuvia de Ptarth ! implorait-il, vous restez de glace, même devant les explosions embrasées de mon amour ardent ! Votre cœur est plus froid et plus dur que l'ersite de ce bienheureux banc, qui a le privilège de soutenir vos formes divines et épanouies ; ô Thuvia de Ptarth, dites-moi que je peux continuer à espérer et que si vous ne m'aimez pas encore, peut-être qu'un jour, un jour ma princesse, je...

1. *Pimalia, ersite, sorapus, Jeddak* sont les nombreux mots « martiens » imaginés par l'auteur.

La jeune fille se dressa brusquement avec une exclamation de surprise et de mécontentement. Sa tête au port royal était bien plantée et haute sur d'exquises épaules rougeâtres, ses yeux noirs jetant des éclats de feu à l'encontre de cet homme.

– Vous vous laissez aller et vous en oubliez les coutumes de Barsoom, Astok, dit-elle, je ne vous ai donné aucun droit pour vous adresser ainsi à la fille de Thuvan Dihn, et vous n'avez pas non plus gagné ce droit !

L'homme se redressa subitement, l'agrippant par le bras.

– Vous serez ma princesse ! s'écria-t-il, par les manes d'Issus, tu ne seras... vous ne serez jamais à un autre, venant s'interposer entre Astok, prince de Dusar et celle que son cœur désire. Dites-moi s'il y a quelqu'un d'autre et je couperai en petits morceaux son cœur nauséabond pour le jeter aux calots sauvages qui vivent dans les fonds desséchés de Mars.

Le contact de sa main fit blêmir la demoiselle, laquelle devint blanche sous sa peau couleur de cuivre. Il convient de préciser que dans les cours royales de Mars, les femmes de très haute condition sont quasi sacrées. Aussi, le geste d'Astok, prince de Dusar, équivalait à une sorte de profanation. Les yeux de Thuvia de Ptarth ne dénotaient aucune expression de crainte, mais l'horreur, vis-à-vis du geste accompli et les conséquences qu'il entraînait.

– Lâchez-moi ! coupa-t-elle, d'une voix forte et impérieuse.

L'homme grommela des paroles incohérentes et l'attira à lui avec brusquerie.

– Lâchez-moi ! répéta-t-elle encore plus impérieusement, ou j'appelle la garde et le prince de Dusar sait ce qu'il s'ensuivrait.

Pour toute réponse, il projeta promptement son bras droit autour des épaules de la fille et l'attira pour unir ses lèvres aux siennes. Mais elle poussa un petit cri en lui donnant un sévère coup sur la bouche avec ses bracelets massifs, passés autour de son avant-bras.

– Espèce de calot ! s'exclama-t-elle. Elle appela en criant :

– A la garde ! Vite la garde, venez au secours de la princesse de Ptarth !

Répondant à cet appel, une douzaine de gardes convergèrent en courant, traversant le gazon écarlate, leurs épées dégainées dont les lames scintillaient au soleil, le métal de leurs ornements venant entrechoquer leurs harnais de cuir. Alors qu'ils étaient encore loin, ils rugirent de rage en découvrant la scène.

***

Ils n'avaient pas franchi la moitié du jardin royal, où Astok de Dusar maintenait toujours fermement la jeune fille qui se débattait, quand une autre silhouette surgit d'un bosquet épais cachant à moitié une fontaine d'or toute à proximité. C'était un jeune homme de grande taille, élancé, la chevelure noire et les yeux gris, aux épaules larges et à la taille étroite : un parfait combattant dans toutes ses proportions. Son teint était très clair, à peine nuancé du pourpre qui caractérisait les Hommes-Rouges de toutes les autres races de Mars la moribonde. Mise à part cette subtile nuance plus claire et ses yeux gris, il était en tous points semblable à eux.

Une nette différence apparaissait toutefois dans la manière de se déplacer. Il était capable d'accomplir de grands bonds légers, lui donnant une telle rapidité que la vitesse d'intervention des gardes n'était rien en comparaison.

Astok enserrait encore le poignet de Thuvia quand le jeune guerrier parvint à sa hauteur. Le nouveau venu ne perdit pas de temps et se contenta d'un seul mot :

– Calot ! s'écria-t-il et son poing fermé vint atterrir sous le menton de son adversaire, le soulevant haut dans les airs et le projetant d'une manière telle, qu'il vint s'affaler comme un paquet tout froissé au milieu d'un buisson de pimalias sur le côté du banc en ersite.

Puis le jeune homme se tournant vers la fille :

– Kaor ! Thuvia de Ptarth ! s'exclama-t-il d'une voix forte, il semble que ma visite tombe à propos !

– Kaor ! Carthoris d'Hélium, répondit la jeune fille à cet aimable salut ; que pouvait-on attendre d'autre, de la part du fils d'un si grand seigneur ?

Il inclina la tête en signe de gratitude pour le compliment fait à son père : John Carter, Seigneur de guerre de Mars. C'est alors que les gardes, tout haletants de leur course, se massèrent autour du prince de Dusar qui saignait de la bouche, et tentait de se dépêtrer du bosquet de pimalias pour se précipiter, l'épée en avant.

Astok voulait visiblement se ruer dans un combat à mort avec le fils de Dejah Thoris, mais les gardes formant une barrière tout autour de lui l'en empêchaient ; cependant le prince d'Hélium aurait ardemment désiré cet affrontement.

– Un seul mot Thuvia de Ptarth, suppliait-il, et rien ne pourra plus me faire plaisir que d'infliger à cet individu la punition qu'il mérite !

– Cela ne se peut Carthoris, reprit-elle, même s'il a

perdu toute considération de ma part, il n'en est pas moins l'invité de mon père, le Jeddak, à qui il appartient seul de juger l'acte impardonnable commis.

– Qu'il en soit comme vous le désirez Thuvia, répondit l'Héliumite, mais il appartiendra aussi, par la suite, à Carthoris Prince d'Hélium, de laver l'affront fait à la fille de l'ami très cher de mon père.

A en juger par le feu brûlant dans ses yeux, on devinait aisément qu'il existait une cause nettement plus intime et plus chère à cette ardeur qui le poussait à se faire le défenseur de la fière jeune fille de Barsoom.

Les joues de la demoiselle foncèrent sous la peau satinée et transparente ; les yeux d'Astok s'assombrirent en observant cette scène muette entre les deux protagonistes du jardin royal du Jeddak.

– Et toi à celui que tu m'as fait ! ajouta-t-il d'un ton hargneux, répondant ainsi au défi lancé par le jeune homme.

***

Les gardes entouraient encore Astok. Le jeune officier qui les commandait se trouvait confronté à une situation bien embarrassante : son prisonnier était le fils d'un puissant Jeddak, hôte de Thuvan Dihn de surcroît ; jusqu'ici un invité honoré, paré des titres et des dignités royales lui incombant. Le mettre en état d'arrestation signifiait la guerre ; pourtant, ce qu'il avait fait ne méritait rien moins que la mort, aux yeux des guerriers de Ptarth.

Il hésitait, regardant en direction de la princesse pour quêter un avis sur ce qu'il convenait de faire. Elle-même soupesait toutes les conséquences de ce qui pouvait s'ensuivre. Dusar et Ptarth étaient en paix depuis de nombreuses années : leurs grands navires marchands effectuaient la navette entre les diverses villes importantes des deux nations. En ce moment même, au-dessus du dôme aux reflets d'or recouvrant le palais du Jeddak, elle pouvait apercevoir l'immense coque d'un cargo géant s'élançant majestueusement dans l'air si ténu de l'atmosphère barsoomienne, vers l'ouest, en direction de Dusar.

Un seul mot d'elle et elle pouvait plonger ces deux puissants pays dans un conflit sanglant qui les priverait de leurs guerriers les plus valeureux, ainsi que d'incalculables richesses, les laissant exsangues et en butte aux appétits de leurs voisins moins puissants, envieux de leurs richesses ; si ce n'était à l'état de proie pour les hordes sauvages des Hommes-Verts, venant des fonds des mers desséchées.

Sa décision ne fut nullement inspirée par la crainte, les natifs de Mars ne la connaissent guère. C'est plutôt un sens aigu de la responsabilité qui poussa la fille du Jeddak à ne prendre en considération que le seul intérêt du peuple dirigé par son père.

– Je vous ai appelé Padwar, dit-elle au lieutenant des gardes, pour protéger la personne de votre princesse et assurer ainsi une paix qui ne doit être en rien violée dans les limites des jardins royaux du Jeddak. C'est tout ! Faites-moi escorter jusqu'au palais où le prince d'Hélium m'accompagnera.

***

Elle se détourna sans plus accorder la moindre attention à Astok et acceptant la main que lui offrait Carthoris, elle se dirigea lentement vers les colonnes massives du palais, traversa la cour toute scintillante, entourée, de part et d'autre, par une file de gardes.

Thuvia de Ptarth découvrit de la sorte une échappatoire au dilemme dans lequel elle était plongée : elle évitait à son père de se trouver dans l'obligation de mettre son hôte aux arrêts. Du même coup, elle séparait les deux jeunes princes qui se seraient mutuellement sautés à la gorge dès qu'elle et ses gardes auraient tourné le dos.

Astok se tenait toujours contre les pimalias, ses yeux sombres derrière des paupières fines comme une fente en signe de haine, observant la retraite digne de la femme qui avait su remuer les passions les plus vives de sa nature ardente, accompagnée de l'homme qu'il savait maintenant être une barrière à l'accomplissement de son amour.

Comme la femme aimée disparaissait derrière les bâtiments, Astok haussa les épaules et murmurant un juron, traversa à son tour à grandes enjambées les jardins en direction d'une aile du palais où sa suite tenait ses quartiers.

Il prit congé protocolairement de Thuvan Dihn, le soir même. Bien qu'aucune allusion n'ait été faite sur ce qui s'était passé dans le jardin, il était facile de constater que le Jeddak s'était fabriqué un masque de froideur, sa courtoisie n'étant que pure forme ; seule sa royale hospitalité l'empêchait d'exprimer le mépris qu'il éprouvait pour le prince de Dusar.

Ni Carthoris, ni même Thuvia, n'assistaient à ce départ. La cérémonie était aussi guindée et formelle que l'exigeait l'étiquette de la cour. Il en fut ainsi jusqu'à ce que le dernier des Dusariens ait franchi le bastingage du navire de bataille qui les avait amenés à cette fatale visite à la cour de Ptarth. Aussi, une expression de soulagement éclaira la voix de Thuvan Dihn quand le puissant engin de destruction se fut détaché doucement de son berceau d'amarrage et que le potentat se soit retourné vers l'un de ses officiers pour lui faire part d'un autre sujet qui préoccupait l'esprit de tous depuis des heures.

Après tout, ce sujet était-il tellement différent et si éloigné que cela du précédent ?

– Fais savoir au prince Sovan, enjoigna-t-il, que l'escadre qui a quitté Kaol ce matin aille croiser sur la frontière ouest de Ptarth.

***

L'aéronef de bataille, ramenant Astok à la cour de son père, avait mis le cap vers l'Ouest. Thuvia de Ptarth, assise sur ce même banc favori où le prince de Dusar l'avait abordée, contemplait rêveusement les lumières clignotantes du vaisseau qui s'éloignait.

Éclairé par la brillante lueur de la lune la plus rapprochée, Carthoris se trouvait assis à ses côtés, ses yeux n'étaient pas dirigés vers la sombre silhouette du vaisseau, mais contemplaient le profil de la jeune fille, plongée dans ses pensées.

– Thuvia ! murmura-t-il.

La jeune fille tourna alors son regard vers lui. La main du garçon chercha la sienne, mais elle la retira doucement.

– Thuvia de Ptarth, je vous aime ! s'écria le jeune guerrier. Dites-moi que je ne vous offense pas en affirment cela !

Elle hocha tristement la tête :

– L'aveu de l'amour de Carthoris d'Hélium serait un honneur pour toute femme, dit-elle simplement, mais mon très cher ami vous ne devez pas m'accorder ce que je ne puis rendre.

Le jeune homme se dressa lentement sur ses pieds, affichant une surprise totale. Il ne lui était jamais venu à l'idée que Thuvia de Ptarth puisse aimer quelqu'un d'autre.

– Mais à Kadabra ! s'exclama-t-il, et même plus tard, ici même, à la cour de votre père, qu'avez-vous dit Thuvia de Ptarth qui m'ait fait comprendre que vous ne pourriez partager mon amour ?

– Et qu'ai-je dit, Carthoris d'Hélium, rétorqua-t-elle, qui ait pu vous faire croire que j'y répondrai favorablement ?

Il s'arrêta brusquement et se mit à réfléchir. Puis il secoua la tête :

– Absolument rien Thuvia, c'est vrai ; pourtant j'aurais juré que vous m'aimiez. Il n'empêche, vous saviez parfaitement quel était mon amour pour vous !

– Et comment l'aurais-je su, Carthoris ? demanda-t-elle innocemment. M'en avez-vous jamais fait part ? Est-ce qu'un seul mot d'amour n'est jamais tombé de vos lèvres ?

– Mais vous devez l'avoir su ! s'exclama-t-il. Je suis comme mon père à cet égard, complètement désarmé en matière de cœur et un piètre interlocuteur, quand il s'agit d'une femme. Pourtant tout ici a été averti de l'amour emplissant mon âme : les pierres précieuses qui parsèment ces chemins du palais, les arbres, les fleurs, le gazon même, tous ont été témoins des sentiments qui m'étreignaient, dès que mes yeux se furent posés sur vous. Depuis, chaque pensée me rappelle vos formes et votre visage ; seriez-vous la seule à ne pas le savoir ?

– Sont-ce les femmes qui font la cour aux hommes, à Hélium ? demanda Thuvia.

– Vous vous jouez de moi ! s'exclama Carthoris, dites-moi que ce n'est qu'un jeu et avouez-moi ensuite votre amour, Thuvia !

– Je ne pourrais vous dire cela, Carthoris, car je suis promise à un autre.

***

Sa voix était ferme, mais n'était-elle pas empreinte d'une immense tristesse ? Qui pourrait le dire ?

– Promise à un autre ? reprit Carthoris avec difficulté, d'une voix hésitante, étranglée par l'émotion. Il devint tout pâle sur le moment. Puis sa tête se releva, comme il convient à quelqu'un dans les veines duquel coule le sang d'un des maîtres du monde.

– Carthoris d'Hélium vous souhaite tout le bonheur possible, avec l'homme de votre choix, dit-il. Avec... il s'arrêta hésitant, attendant qu'elle termine en donnant le nom qu'il attendait.

– Kulan Tith, Jeddak de Kaol, lança-t-elle enfin, l'ami de mon père et le plus puissant allié de Ptarth.

Le jeune homme la dévisagea intensément un moment durant avant de reprendre la parole.

– Mais l'aimez-vous vraiment Thuvia de Ptarth ? demanda-t-il.

– Je lui suis promise, répondit-elle simplement.

Il n'insista pas, se contentant de commenter rêveusement :

– Il appartient à la plus haute noblesse de Barsoom et fait partie de ses plus puissants combattants. C'est un grand ami de mon père, et le mien aussi.

Il marmonna presque sauvagement : pourquoi faut-il que ce soit lui, et non un autre ?

Les pensées de la fille étaient cachées par l'expression de son visage simplement empreint d'un peu de tristesse, que l'on pouvait attribuer à Carthoris, ou à son propre sort... ou aux deux à la fois !

Carthoris ne demanda pas davantage d'explications sur ce point qu'il avait fort bien noté, tant sa loyauté envers Kulan Tith était celle d'une relation de sang, de son père pour un ami, envers laquelle il vouait une plus grande fidélité encore, qu'un simple dévouement.

Saisissant un bijou incrusté d'une partie pendante de l'habit somptueux de la jeune fille, il le porta aux lèvres.

– Pour l'honneur et le bonheur de Kulan Tith et au bijou sans prix qui s'est donné à lui. Bien que sa voix fut enrouée, elle était empreinte de la plus profonde sincérité.

– Je vous ai dit vous aimer, Thuvia, avant de vous savoir promise à un autre. Je ne puis plus vous le redire, mais je suis heureux que vous le sachiez car il n'y a aucun déshonneur, ni pour vous, ni pour Kulan Tith ou moi-même. Mon amour est si grand qu'il peut parfaitement englober Kulan Tith si vous l'aimez vous-même. Ces mots étaient dits presque comme une interrogation.

– Je lui suis promise, répéta-t-elle sans autre commentaire.

Carthoris se recula lentement et porta une main à son cœur, l'autre sur le pommeau de sa longue épée.

– L'un et l'autre vous appartiennent à jamais, dit-il simplement.

Un moment après il disparut dans le palais, hors de la vision de la fille.

S'il s'était retourné, ne fut-ce qu'une seule fois, il l'aurait aperçue prostrée de tout son long sur le banc, le visage caché entre ses bras. Pleurait-elle ? Personne n'était là pour l'affirmer !

* * *

Carthoris d'Hélium était venu à la cour de l'ami de son père sans être annoncé. Arrivé seul dans un petit aéronef individuel, il savait parfaitement qu'il y serait accueilli avec la cordialité coutumière, comme chaque fois qu'il était venu à Ptarth. Aucun besoin de formalités lors de ses visites.

Il expliqua à Thuvan Dihn qu'il testait une de ses inventions dont son appareil volant était équipé : un perfectionnement important à l'ordinaire compas martien. Fixé sur une destination, il reste constamment dirigé sur elle, de sorte qu'il faut avoir la proue tournée vers cette seule voie indiquée par l'aiguille. C'est la seule condition pour atteindre n'importe quel point sur Barsoom, en suivant le chemin le plus court.

L'amélioration apportée par Carthoris consistait en un dispositif annexe, asservissant automatiquement le vaisseau à la direction donnée par l'aiguille. Une fois l'appareil parvenu à sa destination présélectionnée, et la propulsion arrêtée toujours automatiquement, l'appareil descendait se poser au sol !

Thuvan Dihn l'avait accompagné jusqu'à la piste d'atterrissage sur le toit du palais pour examiner ce compas perfectionné et souhaiter bonne route à son jeune ami.

Carthoris expliquait tous les avantages attachés à cette invention. Une douzaine d'officiers de la cour et leurs domestiques se trouvaient groupés derrière le Jeddak et son hôte, suivant leur conversation avec avidité. Un des serviteurs tout particulièrement intéressé, s'était déjà fait rabrouer par un noble tellement il les avait bousculés afin de se rapprocher, et mieux voir le lacis inextricable de fils et de mécanismes de ce merveilleux « compas à destination contrôlée », comme il l'avait dénommé.

– Par exemple, poursuivait Carthoris, j'ai un voyage à effectuer toute la nuit prochaine. Je positionne l'aiguille ainsi, pointant vers ma destination Hélium, en déterminant un point précis sur la partie droite du cadran, laquelle représente la zone orientale de la planète, compte tenu des valeurs exactes de la longitude et la latitude de la ville. Je n'ai plus qu'à mettre le moteur en marche, puis m'envelopper dans mes fourrures et ma couverture de soie après avoir allumé les feux de position. L'appareil se ruera dans les airs, tout droit vers Hélium, assuré qu'à l'heure dite l'aéronef viendra se poser tout doucement sur le berceau d'atterrissage situé sur le toit de mon palais, que je sois encore endormi ou éveillé !

– A condition, objecta Thuvan Dihn, qu'il n'y ait pas eu entre-temps collision avec quelque maraudeur de nuit.

Carthoris sourit :

– Aucun danger de ce côté, rétorqua-t-il, regardez ceci, il indiqua une dispositif annexe sur la droite du compas, c'est mon « éviteur de collision » comme je l'appelle ; ce dispositif est un commutateur qui allume ou éteint le mécanisme du premier. Quant au détecteur lui-même, il est relié directement au manche à balai et au dispositif de vitesse.

Le principe en est des plus simples. Une vulgaire pastille de radium dans son générateur, lequel diffuse un rayonnement radioactif dans toutes les directions sur un rayon de cent mètres tout autour de l'engin volant. Que ce détecteur enveloppant vienne à se trouver intercepté dans une partie de son rayonnement et le délicat appareil aura connaissance immédiate de la perturbation, communiquant aussitôt une impulsion à un dispositif magnétique qui actionne lui-même le manche à balai, détournant la proue de l'engin de l'obstacle décelé ; cette déviation continue jusqu'à ce que le détecteur à radium ne décèle plus de corps étranger, auquel cas la course reprend exactement comme avant. Si l'obstacle venait de l'arrière et en direction de l'appareil, comme ce serait par exemple le cas d'un autre aéronef plus rapide, alors le détecteur agit sur la vitesse en même temps que sur la direction, mon engin bondit plus vite vers le bas ou vers le haut de façon à changer d'altitude et continuer selon un plan différent de l'appareil perturbateur.

Dans un cas ultime où toute une série d'obstacles, se présente ou encore si la déviation commandée dépasse quarante-cinq degrés, cela quelle que soit sa direction, ou alors si la destination est atteinte et que mon aéronef soit à moins de cent mètres de hauteur, le dispositif coupe le contact, arrête le moteur et actionne une sirène d'alarme réveillant aussitôt le pilote. J'ai pratiquement prévu toutes les éventualités.

***

Thuvan Dihn esquissa un sourire approbateur pour marquer à quel point il appréciait ce dispositif. C'est alors que le serviteur impatient et si attentif s'approcha presque jusqu'au niveau du navigateur. Ses yeux étaient rétrécis jusqu'à ne former qu'une fente :

– Toutes sauf une ! dit-il.

Tous les membres de l'assistance de notables le regardèrent avec étonnement, l'un d'eux agrippa même l'homme par l'épaule, quelque peu rudement, pour le ramener à sa véritable place. Carthoris leva la main pour l'en empêcher.

– Attendez ! dit-il alors avec précipitation. Voyons un peu les objections de cet homme. Rien ni aucune réalisation n'est parfaite. Qui sait si le hasard ne lui a pas donné l'idée d'un défaut quelconque, il serait bon alors de le connaître et d'y remédier rapidement. Approchez-donc mon bon ami, quelle chose aurais-je pu oublier ?

Tout en parlant ainsi, Carthoris observait attentivement cet individu pour la première fois. C'était un homme de grande taille, un véritable géant même, assez bel homme dans ses proportions, tout comme le sont d'ailleurs les Martiens-Rouges, mais ce qui déparait celui-ci étaient ses lèvres minces et cruelles. Une cicatrice blanche et étroite provoquée naguère par un coup d'épée, fendait sa joue de la tempe droite à la commissure de la bouche.

– Venez ! insista le Prince d'Hélium, parlez !

L'homme hésitait ; il était évident qu'il regrettait sa témérité, ayant attiré l'attention générale sur lui, en émettant son objection. Mais comprenant qu'il n'avait plus d'autre alternative, il prit la parole :

– Un ennemi pourrait parfaitement le trafiquer et le fausser à l'avance ! dit-il.

Carthoris sortit alors une petite clé très ouvragée du sac de cuir suspendu à son harnachement.

– Observez bien ça ! dit-il en la tendant à l'homme, même si vous ne connaissez pas grand-chose aux serrures, un simple coup d'œil vous convaincra que le mécanisme actionné par cette clé est inaccessible à un voleur, même spécialiste en fausses serrures. Or, c'est la garde des parties vitales de l'appareil, qui les rend inaccessibles aux manipulations d'un saboteur. Sans son aide, un ennemi devra démolir à moitié le dispositif avant d'accéder à sa partie vitale, laissant obligatoirement des traces de son intervention, apparentes pour l'observateur le moins exercé.

Le serviteur prit la clé qui lui était tendue, l'examina attentivement, puis la tendit à Carthoris pour la lui rendre. Mais ce faisant, il la fit maladroitement tomber sur le sol de marbre ; se baissant aussitôt pour la ramasser, il y marcha dessus par inadvertance, plantant de tout le poids de son corps la semelle de sa sandale sur l'objet brillant. Après avoir fait mine de chercher un instant, il poussa une exclamation de plaisir prouvant qu'il l'avait trouvée, se baissant encore davantage, il la ramassa et la rendit prestement à l'Héliumite. Il revint ensuite en arrière, à sa place, derrière le groupe des nobles et se fit oublier.

Un moment après, Carthoris avait fait ses adieux à Thuvan Dihn et sa cour. Ses lumières clignotantes, il s'éleva dans le ciel étoilé, presque vide, d'une belle nuit marsienne.

CHAPITRE II

Esclavage

Comme le maître de Ptarth descendait les étages supérieurs du palais, en compagnie de ses courtisans, le serviteur se laissa distancer, à l'arrière du cortège, restant bon dernier de toute l'assistance. Puis il se baissa promptement, enleva la sandale chaussant son pied droit et la glissa dans son sac.

Quand tout le groupe eut regagné les niveaux inférieurs, le Jeddak, d'un signe invita le groupe à se disperser. Nul alors ne remarqua l'absence de cet individu qui avait attiré l'attention sur lui juste avant le départ du Prince d'Hélium.

Personne n'avait eu l'idée de lui demander à quelle suite il appartenait, les nobles Martiens ayant de nombreux domestiques allant et venant sans cesse selon les fantaisies de leur maître. De sorte qu'un visage nouveau n'attire pas l'attention, ne laissant guère l'occasion d'être interrogé ; le seul fait d'avoir franchi les limites du palais constitue déjà une preuve solide de sa loyauté envers le Jeddak, tant les examens sont stricts pour ceux qui se portent volontaires à servir les nobles appartenant à la cour.

C'était là une excellente règle qui ne souffrait d'exception que du fait de la courtoisie, lors de la visite d'hôtes royaux, venant de pays amis et dont la suite était supposée déjà sûre et triée.

***

Le lendemain, dans la matinée, un géant accoutré de l'uniforme d'un noble attitré de Ptarth, sortit par la grande porte du palais pour se rendre en ville. Il gagna prestement un quartier situé hors de celui des notables, le traversa en suivant une large avenue, puis une autre, atteignant ainsi la partie commerçante. Il arriva au pied d'un immeuble au style assez prétentieux, lequel, tarabiscoté de sculptures et de mosaïques imbriquées, s'élançait vers les cieux, spiralant comme une vis.

C'était le palais de la Paix, abritant les ambassades des représentants de toutes les puissances étrangères. Les ministres eux-mêmes logeaient dans des villas somptueuses, éparpillées dans le quartier des édiles.

Une fois parvenu dans les locaux, l'homme chercha l'ambassade de Dusar. Un huissier se leva pour lui demander ce qu'il désirait et, comme le visiteur parlait d'une audience avec le ministre lui-même, il réclama à son interlocuteur une attestation prouvant ses qualités.

Le visiteur fit alors glisser un bracelet de métal qu'il portait au-dessus du coude, désignant du doigt une inscription figurant à l'intérieur, il souffla un mot ou deux à voix basse à l'oreille de l'huissier.

Les yeux de ce dernier s'agrandirent de stupéfaction, son attitude se transforma aussitôt en une déférence profonde. Il lui désigna de la tête un siège et se hâta, gagnant l'intérieur avec le bracelet à la main, pour réapparaître rapidement. Il le conduisit alors auprès de l'ambassadeur.

Les deux interlocuteurs restèrent seuls un bon moment ; quand le géant sortit de chez le haut magistrat, il avait sur le visage un sourire des plus sinistres, une expression de profonde satisfaction. Du palais de la Paix, il se précipita directement au domicile du ministre de Dusar.

La nuit même, deux appareils rapides s'envolaient du toit du palais. L'un se ruant en direction d'Hélium ; l'autre...

***

Thuvia de Ptarth se promenait dans les jardins du palais de son père, selon son habitude nocturne, avant de se retirer. Elle était emmitouflée de soieries et de fourrures chaudes car l'air de Mars devient excessivement frais après la plongée du soleil au-delà de l'horizon oriental.

Les pensées de la jeune fille vagabondaient entre ses noces imminentes qui en feraient l'impératrice de Kaol et la personne du charmant jeune Héliumite, qui avait déposé son cœur à ses pieds, le jour précédent.

Était-ce la pitié ou le regret qui avait assombri son visage la veille au soir alors qu'elle contemplait le ciel austral, suivant du regard les lumières de son aéronef s'éloignant rapidement, finissant par disparaître ? Voilà qui était bien difficile à déterminer exactement !

Aussi, était-il impossible de juger quelles émotions s'emparèrent d'elle quand elle vit, ce soir-là, les lumières d'un esquif apparaissant rapidement, venant de cette même direction, comme s'il se trouvait attiré par les pensées même de la princesse, exactement vers les jardins où elle se trouvait.

Elle le suivit du regard, faisant le tour du palais à basse altitude, il devint vite évident qu'il manœuvrait dans l'intention d'un atterrissage inhabituel.

Un rayon de lumière éclatante, surgissant de la proue s'alluma subitement, explorant le terrain en contrebas à la recherche d'un point d'atterrissage. Il révéla la silhouette des gardes, faisant briller momentanément les points étincelants de chaque pierre précieuse encastrée dans les harnachements magnificents.

Puis le faisceau fouilleur balaya un instant les gracieux minarets noirâtres, s'élevant dans la cour, le parc, et les jardins du palais. Il cherchait et effleura un bref moment le banc d'ersite et la jeune fille qui s'y trouvait assise, le visage tourné vers le vaisseau en signe d'interrogation, cherchant visiblement à savoir qui pouvait bien venir là.

Le pinceau de lumière s'arrêta quelques secondes à peine sur ce tableau dont Thuvia de Ptarth formait le centre, puis s'éteignit aussi brusquement qu'il s'était allumé. L'aéronef passa au-dessus d'elle, avant de disparaître derrière un haut massif de skeel qui poussait juste à cet endroit.

La fille demeura telle qu'elle était, mis à part sa tête inclinée et ses yeux regardant le sol, plongée dans ses pensées.

Qui donc autre que Carthoris aurait-il bien pu être ? Elle essaya de se trouver irritée par un tel retour : il la soumettait à un véritable espionnage ! Mais il lui était difficile d'être courroucée par le jeune prince d'Hélium !

Quel caprice un peu fou l'avait-il poussé à transgresser ainsi l'étiquette des nations ? La guerre avait souvent éclaté pour des motifs moins graves !

Certes la princesse, dans son for intérieur, était choquée et en colère, mais qu'en était-il de la jeune fille ?

Et les gardes ? Que pensaient-ils de tout cela ? Ils étaient stupéfaits évidemment d'une telle action, sans précédent de la part d'un étranger, qu'ils n'avaient d'ailleurs pas réussi à identifier sur le moment. Mais leur idée n'était nullement d'en rester là ; le fait était attesté par le vrombissement de moteurs mis en marche dans l'étage d'atterrissage et l'apparition presque immédiate d'un navire de patrouille au long-cours.

Thuvia l'observa, il s'éloignait, rapide comme une flèche vers l'est. Mais d'autres yeux observaient sa course et son éloignement !

***

Le vaisseau clandestin se tenait à quelques mètres du sol, caché dans le fourré de skeel, juste au-dessus d'une large trouée du feuillage touffu. Sur le pont, des observateurs au regard perçant suivaient l'éloignement du navire patrouilleur au phare-chercheur. Sur le leur, pas une lumière n'était allumée, tout baignant dans l'obscurité et dans un silence de tombe. L'équipage constitué d'une douzaine d'Hommes-Rouges, guettaient avec attention l'éloignement du patrouilleur lancé à leur recherche.

– La finesse de nos ancêtres nous guide ; elle est pour nous cette nuit, prononça l'un d'eux à voix basse.

– Jamais projet n'aura mieux fonctionné, objecta un

autre, les choses se déroulent telles que le prince les a prévues.

Celui qui avait parlé en premier se tourna vers l'homme se tenant devant le tableau de bord.

– Maintenant ! ordonna-t-il dans un souffle. Il n'y eut aucun autre ordre donné. Chacun avait sa tâche parfaitement déterminée : chaque détail ayant été soigneusement établi dans l'ensemble des missions à accomplir cette nuit-là. Le fuselage sombre se mit à progresser lentement à travers la trouée majestueuse ménagée dans la masse feuillue, ténébreuse et silencieuse.

Thuvia de Ptarth rêvassait en regardant vers l'orient, elle distingua la tâche sombre se détachant dans l'obscurité des arbres au moment où le fuselage franchit les contreforts en ogive du mur clôturant le jardin ; l'avant s'inclina jusqu'à toucher la pelouse écarlate.

Les hommes en question ne venaient pas dans une intention honorable. Pourtant, elle ne cria pas afin d'alerter les gardes cependant tout proches ; elle ne se sauva pas non plus pour trouver refuge dans le palais.

Pourquoi ?

On peut imaginer la réponse qu'elle aurait donnée, éventuellement, à cette question : un haussement de ses belles épaules et ces mots désabusés, appartenant à l'universel et éternel féminin :

– Parce que !

***

Sitôt que l'appareil eut touché le sol, quatre hommes bondirent depuis le pont ; puis ils coururent vers la jeune fille.

Elle ne marqua aucun effroi, se tenant exactement comme quelqu'un d'hypnotisé. Peut-être, attendait-elle finalement un visiteur bienvenu ?

Ce n'est qu'à leur proximité qu'elle se mit à s'agiter. la première lune émergeant au-dessus du feuillage atteignait leurs visages les éclairant de toute la vive lueur de ses rayons argentés.

A ce moment seulement, Thuvia de Ptarth distingua des étrangers : des guerriers en tenue, portant l'uniforme de Dusar !

Elle prit peur ; mais il était trop tard !

Avant même d'avoir pu pousser un seul cri, des mains brutales la saisirent, une cagoule de soie lui fut jetée sur la tête, l'enveloppant aussitôt. Des bras puissants la soulevèrent et la transportèrent sur le pont du vaisseau. Les hélices se mirent aussitôt à vrombir et l'engin se rua vers l'avant, le vent venant lui fouetter le corps, tandis que loin en contrebas, se faisaient entendre les cris et la course effrenée des gardes.

***

En route vers le sud, un autre engin se pressait en direction d'Hélium. Dans la cabine, un Homme-Rouge de très grande taille était penché sur la semelle d'une sandale retournée. Il mesurait à l'aide d'instruments sophistiqués la délicate empreinte d'un petit objet qui avait laissé sa trace.

Une esquisse de la clé était fixée dans un étau à côté de lui. Il y reportait au fur et à mesure les valeurs des cotes enregistrées.

Alors qu'il achevait ce travail, un sourire effleura ses lèvres. Il se retourna ensuite vers une personne qui attendait, de l'autre côté de la table.

– Cet homme est génial ! commenta-t-il, seul un génie est capable d'avoir conçu la fermeture à ressort que cette clé est destinée à actionner. Prends cette esquisse, Larok, et mets toute ton habileté pour la reproduire en métal.

Le guerrier-technicien opina de la tête :

– Rien ne peut être conçu par un homme qu'un autre individu ne puisse détruire, proféra-t-il sentencieusement. Il quitta la cabine avec l'esquisse.

***

Un aéronef venant du nord flottait paresseusement dans le ciel où s'élevaient deux immenses tours marquant la présence des deux cités jumelles d'Hélium ; l'une rouge vif et l'autre jaune. Cela se passait alors que l'aube venait juste de se lever.

Sa proue portait le blason d'une ville éloignée, à laquelle appartenait un petit noble de l'Empire d'Hélium. Son approche nonchalante et sa détente attestaient de la confiance que l'on pouvait lui accorder ; la méfiance des gardes endormis n'était éveillée en aucune manière. La ronde de service pratiquement accomplie, ils ne faisaient plus qu'attendre la relève.

Hélium vivait en paix, une non-belligérance assez lénifiante, n'ayant pas d'ennemi, elle n'avait rien à redouter de quiconque.

Nonchalamment, le navire de patrouille le plus proche vint à sa rencontre, se rapprochant de l'étranger. L'officier de service entama une audition à distance raisonnable, l'apostrophant pour lui demander sa destination.

Un cordial « Kaor ! » lui répondit. Une explication

raisonnable lui fut donnée sur la présence de ce navire dans cette zone : le désir de son propriétaire de venir passer quelques jours de détente dans la partie d'Hélium où l'on s'amusait. La patrouille satisfaite, laissa le visiteur continuer sa course, poursuivant plus loin sa mission de surveillance. L'étranger fit route vers un étage d'atterrissage public où il se posa, arrêtant là sa course.

Sur ces entrefaites, un guerrier fit son entrée dans la cabine.

– Mission accomplie : j'y suis parvenu, Vas Kor, dit-il, confiant une petite clé de métal au noble de grande taille qui venait juste de s'extraire de ses soieries et fourrures.

– Voilà qui est parfait ! s'exclama ce dernier. Tu as dû y passer toute la nuit, Larok !

L'interpellé acquiesça.

– Maintenant, vas me chercher les insignes de métal que tu as forgés ces jours-ci, commanda Vas Kor.

La chose faite, le guerrier aida son maître à remplacer l'élégant emblème orné de bijoux de son harnachement par un métal beaucoup plus simple et moins riche, celui du simple combattant d'Hélium, sur lequel figurait l'insigne de la même Maison que l'oriflamme déployée à la proue de l'appareil volant.

***

Vas Kor déjeuna à bord. Puis, il sortit des docks aériens, entra dans un ascenseur qui le transporta prestement dans la rue en contrebas, où il eut tôt fait de se mêler aux travailleurs gagnant leur lieu de labeur, de bon matin.

Ainsi mêlé au public, son habillement ne le distinguait pas des autres individus, pas plus que quelqu'un portant des pantalons ne se singularise dans la foule de Broadway ! Tous les Martiens sont des guerriers, à l'exception de ceux qui sont inaptes à porter les armes. Le commerçant, comme son commis, exhibent leurs uniformes tout en continuant à exercer leur profession. Même l'écolier émergeant dans le monde, déjà presque adulte sitôt sorti de sa coquille blanche comme neige dans laquelle il a passé cinq longues années, ne conçoit guère la vie en société sans avoir une épée au côté ; si elle lui manquait, il aurait la même impression qu'un jeune garçon terrestre marchant dans les rues sans pantalon !

La destination de Vas Kor était dans le Grand-Hélium, situé à quelques cent vingt kilomètres dans les plaines du même niveau qu'Hélium-la-Petite. Il avait préféré atterrir sur cette dernière, les patrouilles aériennes y étant moins suspicieuses, leur garde se trouvant relâchée par rapport à la plus grande métropole, le palais du jeddak s'y trouvant.

Tandis qu'il allait de concert avec la foule dans le ravin aménagé en parc de banlieue, la vie de la cité s'éveillant à une nouvelle journée lui apparaissait clairement. Les maisons juchées sur une mince colonne de métal durant la nuit, se trouvaient abaissées doucement jusqu'au niveau du sol. Les fleurs réparties sur le gazon écarlate étaient éparpillées un peu partout, au milieu d'enfants, issus des maisons voisines, en train de jouer. Des femmes accortes riaient et bavardaient avec leurs voisines, tout en cueillant de grosses fleurs magnifiques afin de garnir leurs intérieurs.

L'agréable « Kaor ! » marquant l'hospitalité de Barsoom se faisait entendre sans arrêt, aussi bien pour les étrangers que les amis ; les proches se rendant au travail d'une journée nouvelle.

***

Le district où il avait atterri était très résidentiel, quartier habité surtout par des commerçants parmi les plus prospères. Tout respirait là, le luxe et le bon vivre. Les esclaves apparaissaient devant les façades et sur les vérandas avec des soieries fines et des fourrures coûteuses, les étalant au soleil pour les aérer. Des femmes richement parées de bijoux s'étendaient nonchalamment sur les balcons sculptés et ouvragés qui s'ouvraient devant leurs chambres. Plus tard dans la journée, elles gagneraient les toitures où les esclaves leur auraient disposé des canapés recouverts de dais en soie pour leur faire de l'ombre.

Des bouffées d'une musique entraînante sortant de fenêtres ouvertes, venaient rompre par moment la monotonie ; les Martiens avaient ainsi résolu le problème du passage nerveux entre l'état de sommeil et celui de l'activité éveillée, la plupart du temps une transition trop brutale en ce qui concerne les gens vivant sur Terre !

Au-dessus de lui passaient en tous sens de longs et légers navires individuels, assurant une navette pour chacun d'entre eux entre les aires d'atterrissage qui culminaient souvent très haut dans les cieux, pour ce qui est du trafic international. Les transports de marchandises empruntaient d'autres voies, se posant sur des pistes nettement plus basses, allant jusqu'à un minimum de soixante mètres de hauteur. Aucun appareil ne changeait de plan de vol, ne montait ni ne descendait, à l'exception de certains secteurs réservés où tout trafic horizontal est interdit.

Les avenues largement plantées de pelouses rougeâtres sillonnant la cité de toute part, étaient survolées d'engins suivant une file, chacune dans une direction allant et venant. La plupart se contentaient de frôler la surface du sol, ne s'élevant gracieusement qu'au moment de doubler un autre véhicule plus lent ou seulement aux intersections, auquel cas les files venant du nord et du sud avaient la priorité, les appareils de l'est et de l'ouest devant s'élever pour ne pas couper la route à ces premiers prioritaires.

De nombreux avions privés s'élançaient depuis des garages individuels, édifiés sur les toits des habitations ; ils gagnaient alors les lignes réservées au trafic. On entendait de gais « au revoir » ainsi que des conseils de prudence se mélanger à la mise en route des moteurs et au bourdonnement général des rumeurs de toute la ville.

Malgré ce trafic intense et le bruit infernal qui aurait dû l'accompagner, des milliers de véhicules se trouvant simultanément en l'air, l'impression dominante restait celle d'une aisance fort élégante et d'un silence à peine rompu par une simple rumeur des plus plaisantes.

Les Martiens ont horreur des sons discordants et des vociférations. Les seuls bruits qu'ils aiment sont ceux des évolutions martiales : le heurt des armes entrechoquées, ou encore la collision entre deux puissants vaisseaux aériens de combat ; il n'y a pas plus belle musique pour eux que celle-là !

***

Au croisement de deux larges avenues, Vas Kor descendit du niveau de la chaussée jusqu'à l'une des grandes stations souterraines du train pneumatique qui sillonnait le sous-sol des deux cités jumelles.

Il paya d'abord un ticket à l'aide de deux pièces de monnaie ovales, typiques d'Hélium, pour se rendre vers la destination désirée.

Puis, après avoir franchi un contrôle, il se joignit à une file de personnes qui avançait lentement vers ce qu'un terrien aurait décrit comme un projectile à l'avant tronconique, faisant quelques deux mètres cinquante de longueur et gagnant une sorte de canon, tel un obus en préparation de tir. Ces habitacles individuels avançaient en file, le long d'une chaîne à pignons. Une demi-douzaine d'assistants aidaient les voyageurs à prendre place, ou encore mettaient les véhicules en direction de la destination désirée.

Vas Kor s'approcha d'un des véhicules vides. Au-dessus du nez de l'appareil se trouvaient un cadran et une aiguille. Il fixa cette dernière sur une certaine station du Grand Hélium puis gagna une sorte de trappe bombée, l'enjamba et se laissa glisser jusqu'au fond capitonné. Un employé referma le dessus, qui se verrouilla dans un cliquetis, le transporteur continua sa marche lente.

Subitement il se mit en position finale selon la voie à suivre pour gagner la destination indiquée par l'aiguille, s'enfonçant dans l'ouverture d'un tube obscur.

Le temps pour « l'obus » de pénétrer entièrement dans le tunnel sombre et il se lança aussitôt, accélérant jusqu'à atteindre la vitesse d'une balle de fusil. Il y eut un bref moment, comme une sorte de sifflement, suivi d'une décélération effectuée en douceur. Le transporteur vint lentement, émergeant sur une plate-forme, où un autre employé souleva le couvercle.

Vas Kor gagna le plein centre du Grand Hélium, remontant du sous-sol de la station. Il était à cent vingt kilomètres de son endroit d'embarquement !

De là il prit l'avenue qu'il redescendit empruntant un transport de surface, ne soufflant pas un mot à l'esclave qui assurait la conduite du véhicule. Dans ces conditions il était absolument évident qu'on l'attendait et que cet individu avait reçu des instructions précises concernant sa venue.

Sitôt Vas Kor installé dans le véhicule, le conducteur se lança à vive allure, prenant d'abord la file principale, puis l'abandonna en tournant depuis l'avenue, large et pleine de monde, pour gagner une rue latérale beaucoup moins fréquentée.

Il quitta finalement ce quartier encore peuplé, pour pénétrer dans un secteur nettement plus désert, avec de petites boutiques. Il s'arrêta devant l'une d'elles, l'enseigne était celle d'un marchand de soieries étrangères.

***

Vas Kor entra dans le magasin au plafond bas.

Un homme venu du fond de la pièce le guida vers un appartement dans l'arrière-boutique, sans faire aucunement mine de le reconnaître, jusqu'à ce qu'il ait introduit l'arrivant et refermé la porte derrière lui.

Ce n'est qu'alors qu'il se retourna, le saluant avec déférence.

– Très noble... commença-t-il.

Mais Vas Kor lui fit aussitôt un signe de dénégation, lui coupant la parole.

– Pas de palabres, dit-il. Nous ne devons jamais oublier que je ne suis rien d'autre ici, que ton esclave. Si tout a été soigneusement préparé et conformément aux plans, nous n'avons pas de temps à perdre. Nous devrions même être déjà en route pour le marché aux esclaves. Es-tu prêt ?

Le marchand fit un signe de tête affirmatif et se tournant vers un coffre, en sortit des vêtements dépourvus de tout blason : ceux d'un esclave. Il les tendit aussitôt à Vas Kor qui les enfila. Ils franchirent tous deux la boutique, passant par une porte arrière, traversant un chemin sinueux qui débouchait sur une avenue passante du côté opposé à l'entrée. Ils trouvèrent là un véhicule de course qui les attendait.

Cinq minutes plus tard, le marchand menait son « esclave » à un marché public où un grand concours de peuple remplissait tout l'espace disponible au centre duquel étaient remisés les esclaves prêts à la vente.

La foule était particulièrement dense, ce jour-là. On savait que Carthoris, prince d'Hélium, serait le principal enchérisseur.

Les acheteurs montèrent l'un après l'autre sur l'estrade ouverte devant la cabane contenant les esclaves, ces derniers constituant la « marchandise » à négocier. On leur exposait brièvement les qualités de chacun des individus que les marchands vendaient.

Quand tout ce trafic commercial fut achevé, le majordome du prince d'Hélium rappela hors du bloc tous ceux qui l'avaient favorablement impressionnés ; et il fit alors une offre les concernant.

Il y eut fort peu de marchandages et pas l'ombre d'un seul au sujet de Vas Kor. Son maître-marchand accepta la première offre qu'on lui en fit... et c'est ainsi qu'un noble Dusarien parvint à se faufiler dans la maison de Carthoris.

CHAPITRE III

Trahison

Le lendemain de l'immixtion de Vas Kor dans la suite de Carthoris, une grande excitation régnait dans les deux cités jumelles et tout particulièrement chez le prince d'Hélium. Les rumeurs étaient parvenues de l'enlèvement de Thuvia de Ptarth à la cour de son père et le bruit courait que Carthoris devait en savoir davantage sur la question, sur les circonstances de l'enlèvement ainsi que sur l'endroit exact où la princesse se trouvait !

Carthoris était dans la salle de conseil de John Carter, Seigneur de Guerre de Mars, en compagnie de Tardos Mors, jeddak d'Hélium et de son fils Mors Kajak, jed de la Petite Hélium. Avec eux se trouvaient également rassemblés une vingtaine des plus grandes notabilités de l'Empire.

John Carter parlait :

– Il ne doit y avoir aucun conflit ouvert entre Ptarth et Hélium mon fils, disait John Carter. Que tu sois innocent de toute charge dont les insinuations t'accablent, nous le savons ; mais Thuvan Dihn doit en être informé au plus tôt.

Une seule personne peut l'en convaincre, et c'est toi-même. Tu dois partir très rapidement à destination du palais et la cour de Ptarth.

Porte en toi l'autorité du Seigneur de Guerre de Barsoom ainsi que celle du jeddak d'Hélium ; mets à sa disposition toutes les ressources des puissances alliées, afin d'aider Thuvan Dihn à punir les auteurs de ce rapt, quels qu'ils soient.

Va ! Je sais qu'il n'est nul besoin de te demander la plus grande célérité, c'est une nécessité !

***

Carthoris quitta la salle du conseil et se hâta vers son palais.

Là, il trouva ses esclaves faisant diligence pour préparer le départ de leur maître. Plusieurs d'entre eux étaient penchés sur l'appareil volant à très grande vitesse qui devait l'emporter le plus rapidement possible vers la cour de Ptarth.

Tout fût prêt dans un délai des plus rapides, seuls deux hommes armés restèrent de garde. Le soleil allait se coucher, baissant rapidement à l'horizon. Bientôt l'obscurité aurait tout envahi et envelopperait le moindre objet.

L'un des deux gardes était un géant avec une joue sillonnée d'une fine balafre s'étirant de la tempe au bord de la bouche. Il s'approcha de son compagnon, le regard dirigé vers le haut, au-delà de lui. Arrivé à sa proximité, il s'exclama :

– Mais quel est cet étrange appareil qui arrive ?

L'autre, surpris, se retourna pour examiner le ciel dans la direction que son compagnon avait fixée en approchant. Il avait à peine eu le temps de tourner le dos au géant, que ce dernier lui plongeait sa courte épée dans le dos, sous la partie métallique servant d'armure, la lame allant directement au cœur.

Le soldat s'écroula sans un mot, raide mort. Prestement, le meurtrier traîna le corps dans un recoin sombre du hangar. Puis il revint vers l'appareil.

Tirant alors une petite clé très ouvragée de son étui de cuir pendu à son harnais, il ouvrit le couvercle de la partie droite du cadran, contrôlant le compas menant à destination. Il en étudia le mécanisme durant un petit moment ; il remit ensuite le cadran à sa place et pointa l'aiguille dans une autre direction, il souleva à nouveau le couvercle pour étudier les modifications amenées au mécanisme.

Un sourire se dessina alors sur ses lèvres. Avec des pinces coupantes il sectionna la partie faisant saillie s'étendant à travers le cadran pour rejoindre l'aiguille extérieure.

De sorte que l'aiguille pouvait être pointée sur n'importe quelle direction sans que le mécanisme situé en dessous soit en rien affecté. Autrement dit, tout l'hémisphère oriental déconnecté était hors d'usage.

Puis il fixa son attention sur la partie occidentale de l'hémisphère concernant la portion gauche du cadran. Il en ouvrit également le couvercle. Avec un outil adéquat, il trafiqua le mécanisme, coupant également le contact qui arrivait jusqu'à l'aiguille.

Il remit prestement le couvercle en place et repris sa faction, comme si rien d'anormal ne s'était produit. Aucune trace de ce qu'il avait trafiqué n'était visible ; de sorte que la direction indiquée par l'aiguille était en réalité totalement inopérante. Le compas se trouvait réglé sur une toute autre cible qu'absolument rien ne pouvait plus modifier. Une cible prédéterminée et choisie par le prétendu « esclave ».

***

Carthoris arriva, accompagné par une poignée de gens appartenant à sa suite. Il ne jeta qu'un bref coup d'œil sur l'unique garde. Les lèvres minces à l'expression cruelle, ainsi que la balafre évoquèrent fugacement une sorte de souvenir désagréable dans l'esprit de Carthoris et il se demanda où Saran Tal avait bien pu le dénicher. Mais ce ne fut qu'un très bref instant et ses pensées se trouvèrent enfouies dans une foule d'autres préoccupations. Un instant après, le prince d'Hélium riait et bavardait avec ses compagnons, encore que dans son for intérieur il eut le cœur glacé par la crainte, à la pensée du sort de Thuvia de Ptarth, fou d'inquiétude sur ce qui pouvait lui être advenu et qu'il ne pouvait absolument pas déterminer dans l'état actuel des choses.

Évidemment, sa première pensée avait été que Astok de Dusar était le coupable, le ravisseur de la belle princesse de Ptarth ; mais simultanément, arrivaient des informations sur les fêtes organisées à Dasar pour le retour du fils du jeddak à la cour de son père.

Ce ne pouvait donc être lui, réfléchissait Carthoris, puisque la nuit même où Thuvia avait été enlevée Astok se trouvait à Dusar. Et pourtant !

Il pénétra dans l'appareil échangeant des propos anodins avec ses compagnons ; il débloqua le dispositif fixant l'aiguille du compas, l'amenant à sa destination : la ville de Ptarth.

Un mot d'adieu suivi de vœux de bon voyage et il

actionna le bouton commandant les rayons répulsifs soulevant tel une plume, l'aéronef dans les airs. L'engin bondit vers l'avant dès qu'il eut effleuré du doigt un second bouton, les hélices se mettant à vrombir tandis qu'il tirait sur le levier de vitesse. Carthoris fut bientôt en plein milieu de la nuit magnifique sous les deux lunes du ciel martien, se ruant à travers l'espace et les millions d'étoiles scintillantes de ce ciel noir.

*
* *

Sitôt que l'appareil eut pris sa direction et atteint la pleine vitesse, le pilote s'enveloppa dans ses soieries et ses fourrures, s'étendit de tout son long sur le pont étroit et chercha à s'endormir.

Mais le sommeil ne venait pas ainsi à volonté.

Bien au contraire ; ses pensées se bousculèrent dans sa tête, chassant toute possibilité de sommeil. Il se remémorait les mots de Thuvia, paroles qui en réalité l'assuraient qu'elle l'aimait. Quand il lui avait demandé directement si elle aimait Kulan Tith, elle s'était contentée de répondre vaguement « qu'elle lui était promise ».

Il comprenait clairement maintenant que cette réponse n'était qu'une phrase calculée ; on pouvait parfaitement la considérer comme un aveu de non-amour à l'égard de Kulan Tith et par voie de conséquences, l'interpréter en une preuve d'amour réel envers quelqu'un d'autre.

Mais quelle assurance avait-il que cet autre était bien Carthoris d'Hélium ?

Plus il réfléchissait objectivement, plus il trouvait dans les mots qu'elle avait prononcés une certitude qu'elle ne l'aimait pas, ainsi d'ailleurs, que dans ses gestes et ses actes. Non ! elle ne lui portait aucun amour ; c'est un autre qu'elle aimait. Dans le fond elle n'avait pas été enlevée, elle avait volontairement fui avec son amoureux !

C'est avec de telles pensées alternant en lui avec désespoir et rage, que Carthoris finit par plonger dans le sommeil, complètement épuisé mentalement.

***

L'apparition soudaine de l'aube se fit, alors qu'il dormait encore profondément. Son appareil abordait à folle allure une plaine vide couleur ocre, le fond d'un océan depuis longtemps disparu et formant un monde terriblement vieilli.

A quelque distance, une chaîne de collines relativement basses s'élevait. Se rapprochant, on pouvait parfaitement distinguer un grand promontoire qui les plongeait à la surface de ce qui avait dû être un puissant océan et dans sa bouche immense, ce qui avait sans doute été un vaste port totalement oublié d'une ville non moins oubliée encore, laquelle projetait hors de ses immenses quais déserts des piles gigantesques et imposantes, d'une architecture merveilleuse d'un bien lointain passé, depuis fort longtemps révolu.

Sur un très grand bâtiment les surplombant, un nombre incalculable de mornes fenêtres, vides et désespérées, brillaient comme autant d'étoiles laissant apparaître au fond des murs de marbre blanc. Tous les immeubles de la cité morte donnaient l'apparence de monticules éparpillés faits de têtes de morts blanchies par le soleil, dont les ouvertures dénuées de leurs ornements ressemblaient à des orbites vides et les portails à des mâchoires grimaçantes munies de dents figurées par les portes monumentales.

L'appareil se rapprochait de plus en plus, sa vitesse ralentissant progressivement. Et pourtant ce n'était pas du tout la destination voulue par l'occupant : Ptarth !

L'aéronef s'arrêta de lui-même au-dessus de la grande place et se mit à faire automatiquement les manœuvres nécessaires à « l'amarssissement ». Arrivé à une centaine de mètres du sol, il fit carrément du sur place, flottant doucement dans les airs. C'est alors qu'un signal d'alarme retentit dans les oreilles du dormeur.

Carthoris bondit sur ses pieds et se mit à regarder le paysage qui se présentait à ses yeux. Bien loin de contempler la métropole de Ptarth, comme il s'y attendait, avec un patrouilleur aérien venu à ses côtés pour l'escorter, que découvrait-il stupéfait ?

Une grande cité, certes ! Mais nullement Ptarth ! Pas de foule surgissant de toutes les larges avenues convergentes. Des toits aux rez-de-chaussée, aucun signe de vie ne s'élevait de cette monotonie : pas de soieries somptueuses, ni de fourrures sans prix ne venaient mettre vie et couleur à cette accumulation froide de marbre et d'ersite brillante.

Il n'y avait aucun navire de patrouille pour l'accueillir. Tout n'était que silence absolu, vide total imprégnant l'air ambiant.

***

Qu'était-il arrivé ?

Carthoris examina attentivement l'aiguille du

compas : elle était bien dirigée vers Ptarth. Quelqu'un de sa force intellectuelle l'aurait-il trahi ? Il ne pouvait le croire.

Il se hâta de déverrouiller le couvercle, le rabattant autour de ses gonds. Un simple coup d'œil lui révéla la vérité ou du moins, une bonne partie : la pointe d'acier correspondant à la destination, actionnée par l'extrémité de l'aiguille sur le cadran, avait été déconnectée.

Qui avait pu faire cela... et comment y était-il parvenu ? Carthoris ne pouvait avancer le moindre soupçon.

Il devait savoir maintenant dans quelle partie de Mars il se trouvait, puis reprendre son voyage interrompu pour gagner son objectif.

Si le seul but de son ennemi avait été de le retarder, il avait parfaitement réussi pensa Carthoris en ouvrant le deuxième capot, le premier ayant montré son aiguille complètement déconnectée. Il découvrit que la pointe d'acier relative au second cadran se trouvait également débranchée ; mais, auparavant, le mécanisme de contrôle avait été réglé volontairement sur un point de l'hémisphère ouest.

Il venait juste de se situer à peu près comme étant quelque part au sud-ouest d'Hélium, à une distance considérable de la cité-jumelle, quand les cris d'une femme s'élevèrent au-dessous de lui, et le firent se précipiter pour regarder par-dessus bord.

En se penchant au-dessus d'un des côtés de l'esquif, il vit une jeune femme Rouge traînée à travers la place par un énorme guerrier vert... un de ces féroces et cruels habitants des anciens fonds marins desséchés et des cités mortes de Mars : la « planète mourante ».

Carthoris n'attendit pas d'en voir davantage. Se précipitant devant le tableau de bord, il envoya son appareil se poser comme une véritable plume, en direction du sol.

L'Homme-Vert essayait d'amener rapidement sa captive vers un immense thoat broutant la végétation ocre. seul vestige de la pelouse écarlate qui avait naguère magnifié la place de sa splendeur. Tout à coup une douzaine d'Hommes-Rouges bondirent, sortant d'un palais d'ersite tout proche de là. Ils poursuivaient le ravisseur, leurs épées dégaînées, en poussant des vociférations et des cris rageurs d'avertissements.

La femme, en se débattant, tourna son visage pour regarder le vaisseau qui descendait vers elle ; d'un bref coup d'œil Carthoris vit son visage : c'était Thuvia de Ptarth !

CHAPITRE IV

Prisonnière d'un Homme-Vert

Lorsque la lumière du jour revint, se déversant sur le pont du navire où Thuvia avait été déposée, après son enlèvement dans les jardins du palais paternel, elle constata qu'un grand changement s'était opéré cette nuit même, chez ses ravisseurs : les ornements métalliques de leurs uniformes n'étaient plus ceux de Dusar mais purement et simplement, les emblèmes du prince d'Hélium.

Ce fait rendit momentanément espoir à la jeune fille, car elle ne pouvait croire que les sentiments de Carthoris soient tels qu'elle puisse en souffrir !

Prenant alors la parole, elle s'adressa au guerrier qui se tenait devant le panneau de contrôle.

– La nuit dernière vous portiez les insignes de Dusar, dit-elle, et voilà maintenant que ce sont ceux d'Hélium. Que faut-il en penser ?

L'homme la regarda avec un rictus.

– Le prince d'Hélium n'est pas fou, répondit-il, simplement.

Juste à ce moment, un officier sortit de la petite cabine. Il réprimanda le guerrier, lui enjoignant de ne pas adresser la parole à la prisonnière et lui-même s'abstint de répondre à ses interrogations.

***

Il ne lui fut fait aucune violence tout au long de ce voyage ; quand ils arrivèrent la prisonnière n'en savait pas davantage sur sa destination, l'identité de ses ravisseurs, ou encore les buts précis qu'ils poursuivaient.

L'aéronef vint se poser doucement sur la grande place d'une de ces ruines muettes de Mars-la-Moribonde, au passé totalement oublié. Les puissantes cités maintenant désertes qui bordaient les tristes fonds ocres abritaient, il y a très longtemps, des flottes redoutables. La surface de l'océan était sillonnée en tous sens par une puissante marine de commerce, conduite par une foule de gens à tout jamais disparus !

Thuvia n'étaient pas ignorante de ces endroits. Durant la période où elle avait erré à la recherche de la rivière Iss – celle que tous les Martiens voulaient atteindre depuis des temps immémoriaux, au cours de ce long et dernier pèlerinage vers la Vallée de Dor où se situait la Mer perdue de Korus – elle avait rencontré plusieurs de ces tristes vestiges d'une époque de grandeur et de gloire révolues, qui avaient été celles de l'ancienne Barsoom.

Elle avait aussi observé de telles cités lors de son vol, quand elle avait tenté de fuir les Temples des Saints-Therns en compagnie de Tars Tarkas, jeddak de Thark. Les Hommes-Verts qui s'y réfugiaient étaient obligés de partager cet abri temporaire avec les étranges et fantomatiques grands Singes-Blancs de Barsoom.

Effectivement, ces villes mortes servaient de refuges aux Hommes-Verts, soigneusement évitées par les Hommes-Rouges, à part quelques exceptions, elles se situaient toutes au milieu d'immenses étendues privées d'eau et totalement impropres à une vie décente pour la race dominante des Martiens.

Alors, pourquoi l'avoir amenée en un tel endroit ? Il n'y avait à cela qu'une seule réponse : la nature de leurs plans exigeait un isolement dans des conditions que seule une cité morte pouvait offrir. Aussi, la jeune fille tremblait-elle à l'idée du sort qui pouvait lui être réservé.

Deux jours durant ses ravisseurs la tinrent prisonnière dans un ancien palais qui, même dans sa décrépitude, conservait encore quelque chose de la splendeur ancienne.

***

Le matin du troisième jour, juste avant l'aube, son attention fut attirée par les voix d'un couple de ses ravisseurs.

– Il sera là juste au lever du soleil, disait l'un. Il serait bon que nous l'amenions sur la place, sans cela jamais il ne se posera. Dès qu'il aura constaté qu'il se trouve dans un pays étrange, il s'en retournera aussitôt sans se poser... Je pense que c'est là le point faible des plans du prince.

– Il n'y avait pas moyen de faire autrement, répliqua l'autre. C'est déjà merveilleux de parvenir à les faire se retrouver en un même endroit et quand bien même nous ne parviendrions pas à l'attirer par ce subterfuge, le contraignant à se poser, nous aurions déjà fait beaucoup dans la voie désirée.

C'est alors qu'il leva la tête et aperçut le regard de Thuvia le dévisageant, puis elle chercha dans le ciel, un éclair de lumière lui passant dans les yeux.

Faisant alors un léger signe à son interlocuteur, il se tut. Il avança vers la fille, l'obligea à se lever et la mena en pleine nuit au centre de la place.

– Restez ici ! commanda-t-il, jusqu'à ce que nous revenions vous chercher. Si vous essayez de vous enfuir, ça ira très mal pour vous, pire que la mort ; ce sont là les ordres même du prince.

Il s'en retourna, reprenant le même chemin en direction du palais. Il la laissa seule au milieu de toutes les terreurs invisibles de cette cité hantée. Ces lieux étaient fréquentés par des invisibles, du moins conformément à la croyance de nombreux Martiens, lesquels accordent encore foi à l'antique superstition prétendant que l'esprit des anciens Therns, morts avant le temps assigné de mille ans, vont habiter les corps des grands Singes-Blancs !

Il était certain pour Thuvia, que le danger encouru était précisément là, dans l'attaque directe d'une de ces bêtes. Elle ne croyait plus en cette étrange migration de l'âme, inculquée par les Therns avant d'être tirée de leurs griffes par John Carter. Elle n'ignorait pas néanmoins, l'horrible sort qui serait le sien si par hasard elle était le point de mire d'un de ces monstres l'épiant lors de son maraudage nocturne.

Justement ! Qu'est-ce qui venait là ?

Elle ne se trompait sûrement pas, quelque chose avait furtivement bougé à l'ombre d'un de ces immenses monolithes qui bordaient l'avenue aboutissant à la place, du côté opposé !

***

Thar Ban, jed de la bande de Torquas, sur sa monture, filait rapidement à travers la végétation ocre du fond des mers mortes, en direction des ruines de l'ancienne Aanthor.

Il avait accompli cette nuit-là une très longue étape, après avoir détruit l'incubateur d'une tribu Verte voisine avec laquelle les hordes commandées par Torquas étaient en guerre perpétuelle.

L'énorme thoat qu'il montait était loin d'être exténué, mais par précaution, pensait Tharban, il serait bon de s'arrêter pour lui permettre de brouter un peu la mousse ocre poussant jusqu'à une hauteur appréciable à l'abri des jardins protégés de la ville déserte ; le sol y était plus riche que dans les fonds marins, et la végétation en partie abritée des ardeurs du soleil au cours des journées sans nuages, caractéristiques de ciel martien.

A l'intérieur des tiges de cette plante complètement sèche en apparence, se trouve suffisamment d'humidité pour nourrir les immenses corps des gros thoats, lesquels peuvent subsister des mois sans eau et rester plusieurs jours sans l'appoint apporté par cette mousse ocre.

Tandis que Thar Ban avançait sans bruit depuis les quais d'Aanthor jusqu'à la grande place centrale, lui et sa monture, tels des spectres appartenant à ce monde fantomatique tant ils étaient d'apparence caricaturale, et silencieuse aussi la progression du gros thoat aux pattes sans griffes et enveloppées, venant frapper le tapis élastique de mousses qui pendaient mollement des interstices des vieilles dalles du pavement.

*
* *

C'était un fort bel homme, dépassant manifestement les quatre mètres cinquante des pieds à la tête. La lueur de la lune faisait briller sa peau verdâtre et luisante, de même que les joyaux de son lourd harnachement qui jetaient des étincelles, tout comme les ornements entourant ses quatre bras musculeux. Les défenses sortant de sa mâchoire inférieure étaient d'un blanc éblouissant, ce qui contribuait à lui donner une apparence cauchemardesque.

Son long fusil au radium se trouvait pendu au côté du thoat, ainsi que la lance de métal de douze mètres de long. Les deux épées, la courte et la longue, pendaient au harnais, ainsi que d'autres armes mineures.

Ses yeux saillants et ses oreilles orientables tournaient sans cesse en tout sens ; Thar Ban, en pays ennemi, avait la menace toujours présente des grands Singes-Blancs, dont John Carter se plaisait à dire qu'ils représentaient les seules créatures capables de provoquer un sentiment de crainte chez ces féroces habitants des fonds marins desséchés, sinon une esquisse de peur véritable.

Tandis que le cavalier approchait de la place, il stoppa subitement sa monture, tirant sur les rênes[1]. Ses oreilles fines, tubulaires pointèrent vers l'avant rigidement. Un bruit inaccoutumé l'avait frappé : des voix ! Or, à qui appartenaient ces voix non Torquasiennes sinon à des ennemis ! Le monde entier de la

1. Nous avons assez souvent eu l'occasion de prendre ERB en faute, sans le relever, mais là, l'occasion est trop belle !

grande Barsoom n'était qu'un ennemi potentiel pour les féroces Torquasiens.

Thar Ban mit pied à terre et se dissimulant derrière les grands monolithes de l'avenue des quais qui traversait Aanthor assoupie, il s'approcha rapidement de la place centrale. Il était suivi, comme un petit chien, par son thoat couleur d'ardoise. Son ventre blanchâtre se trouvait en partie caché par l'ombre du tonneau transporté, le bas jaune vif de ses pattes se confondant avec le jaune pâle de la mousse.

Finalement, Thar Ban vit au centre de la place la silhouette d'une femme Rouge et d'un guerrier également Rouge qui lui parlait. Puis il s'éclipsa, revenant vers le palais sur le côté opposé de la place.

Thar Ban attendit qu'il ait complètement disparu derrière le portail qui semblait bâiller ! Il y avait là une captive qui paraissait avoir de la valeur ! Il était rare qu'une femelle appartenant à ses ennemis héréditaires, tombe au pouvoir d'un Homme-Vert ! Thar Ban, de plaisir se passa la langue sur ses lèvres étroites et cruelles.

Thuvia de Ptarth scrutait le côté opposé de la place, essayant de percer l'ombre que projetait le monolithe ouvrant sur l'avenue, en face. Elle espérait que tout n'était que pure imagination de sa part.

Mais non ! Elle vit enfin distinctement quelque chose venir dans sa direction, se détachant de l'ombre projetée par le bloc d'ersite.

***

La lumière vint subitement du soleil levant et la fille trembla. La « chose » était un énorme guerrier Vert !

Il bondit avec vivacité vers elle, hurlant et tentant vainement de fuir. Elle avait à peine pivoté en direction du palais, qu'une poigne géante saisit son bras, en l'attirant. Elle fut mi-traînée, mi-portée vers un énorme thoat, très occupé à brouter la mousse jaunâtre à l'entrée de la place.

Elle leva juste à cet instant la tête vers un vrombissement au-dessus d'elle et distingua un aéronef rapide qui venait dans sa direction, avec, à son bord, un homme penché par-dessus l'un des côtés de l'engin, dont elle n'entrevit que la tête et les épaules. Les traits de cet homme était plongés dans l'ombre, de sorte qu'elle ne put l'identifier.

Les cris de ses ravisseurs rouges lui parvinrent, venant de derrière elle. Ils poursuivaient comme des fous celui qui osait leur voler ce qu'eux-mêmes avaient déjà volé !

Au moment où Thar Ban atteignit sa monture, il attrapa le long fusil au radium qu'il tira de son étui, pivotant sur place, il tira trois coups les uns sur les autres en direction des poursuivants.

L'habileté et la précision de tir de ces sauvages était telle que les trois hommes furent atteints de plein fouet et tombèrent, frappés directement, quand les balles explosèrent, dans leurs parties vives.

Les autres s'arrêtèrent, n'osant pas répliquer et ouvrir le feu à leur tour, de peur d'atteindre la jeune fille.

Alors, Thar Ban sauta sur le dos de son thoat, Thuvia toujours dans ses bras multiples et dans un cri sauvage de victoire, tous trois disparurent dans le canyon de la sombre avenue des quais longeant les palais moroses formant l'Aanthor oubliée de tous.

***

L'esquif de Carthoris n'avait pas encore touché le sol qu'il sautait déjà hors du pont pour se mettre à la poursuite du thoat agile, dont les huit pattes lui faisaient redescendre l'avenue à la vitesse d'un train express. Mais les hommes de Dusar encore en vie n'entendaient pas qu'une capture de cette valeur risque de leur échapper.

Ils avaient déjà perdu la fille et il serait fort difficile de l'expliquer à Astok ; ils espéraient qu'il y aurait quelques compensations s'ils lui amenaient le prince d'Hélium.

C'est pourquoi les trois hommes restants l'attaquèrent de leurs longues épées, lui criant de se rendre. Mais ils auraient tout aussi bien pu le crier à Thuvia, la première lune, de ne plus se ruer à travers le ciel de Barsoom, car Carthoris était bien le digne fils du Seigneur de Guerre de Mars et de son incomparable Dejah Thoris.

Aussi, dès qu'il entendit les injonctions des trois guerriers, sa longue épée déjà en main alors qu'il bondissait du pont du navire, il se retourna vers eux, faisant face à leur assaut, exactement comme John Carter, seul savait le faire.

Son épée était tellement rapide, menée par des muscles à moitié terriens, puissants et agiles, qu'un de ses assaillants dès qu'il l'eut atteint s'abattit, rougissant de son sang le tapis de mousses déjà rougeâtre, alors qu'il n'avait fait qu'une simple passe avec son adversaire !

Les deux Dusariens restants se ruèrent simultanément sur l'Héliumite. Trois lames d'épée se heurtèrent en projetant des étincelles dans la nuit, simplement éclairée par la lueur de la lune, faisant un bruit tel que les grands Singes-Blancs commencèrent à sortir de leurs caches, se penchant aux fenêtres basses de la cité morte, afin de découvrir la scène.

Carthoris fut touché à trois reprises, le sang dégoulinait sur son visage, l'aveuglant presque et descendant jusque sur sa large poitrine. De sa main libre, il s'essuya et le sourire aux lèvres comme son père, il chargea ses adversaires avec une furie renouvelée.

Un simple revers de son épée trancha net la tête d'un de ses assaillants ; quant à l'autre, voyant ce qui l'attendait il tourna les talons et s'enfuit dans le palais derrière lui.

Carthoris n'esquissa même pas un semblant de poursuite, il avait autre chose à faire que dispenser un châtiment pourtant bien mérité à ces hommes qui s'étaient abrités derrière le métal de sa Maison ; il avait bien remarqué qu'ils portaient les insignes de sa propre suite.

Se retournant prestement vers le fuyard, il eut tôt fait de traverser la place, à la poursuite de Thar Ban.

***

Mais le guerrier rouge qui avait pris la fuite, se retourna en atteignant l'entrée du palais, jugeant des intentions de Carthoris, il s'empara d'un fusil qu'il avait laissé suspendu au mur, lui et ses camarades, au moment où ils s'étaient précipités l'épée à la main pour s'opposer au rapt de leur prisonnière.

Les Hommes-Rouges étaient de piètres tireurs, l'épée

restait leur arme de prédilection. Aussi, comme le Dusarien épaulait et appuyait sur la gâchette actionnant le magasin de son fusil, ce fut plus le hasard que l'adresse qui entraîna le succès partiel de sa tentative.

La balle vint frôler le côté de l'aéronef ; l'enveloppe opaque de celle-ci s'ouvrit suffisamment pour permettre à la lumière du jour de frapper l'ampoule de radium, dans le nez du projectile ; ce dernier explosa donc et Carthoris sentit son appareil tituber sous lui, le moteur calant net.

Sous l'élan de la vitesse, l'esquif continua un moment sa progression, quittant les limites de la ville et gagnant un peu plus loin, le fond de l'océan.

Le guerrier Rouge depuis la place tira plusieurs coups, mais aucun n'atteignit sa cible, enfin un minaret plus élevé lui cacha la visibilité.

Carthoris put alors apercevoir, galopant à une certaine distance devant lui l'Homme-Vert emportant Thuvia, jetée en travers de son puissant thoat. Il filait à toute allure en direction du nord-ouest d'Aanthor, vers une chaîne montagneuse que les Hommes-Rouges connaissaient fort pcu.

L'Héliumite examina alors les dégâts infligés à son appareil et constata que l'un des réservoirs de fluide anti gravitationnel était crevé, le moteur, lui, était indemne.

Un éclat du projectile avait endommagé un des leviers de contrôle et il était impossible de le réparer sans mener l'engin dans un atelier. Enfin, après plusieurs essais et non sans mal, Carthoris parvint à remettre son engin blessé à vitesse réduite, notablement insuffisante pour rattraper la propre vitesse du thoat, dont les huit longues et puissantes pattes le propulsaient avec une rapidité stupéfiante à travers le fond tapissé de mousses ocres.

Le prince d'Hélium tempêtait, s'impatientant de cette lenteur obligée dans la poursuite, tout en restant reconnaissant de ce que le dommage ne soit pas pire, car il pouvait se déplacer nettement plus vite qu'à pied.

Mais, même cette maigre satisfaction ne dura pas, le vaisseau se mettant rapidement à osciller de la poupe à la proue. Les dégâts du réservoir de fluide de sustentation étaient manifestement plus graves qu'escomptés.

***

Tout au long de cette journée interminable, Carthoris rampa littéralement dans l'air raréfié, l'avant de l'aéronef piquant de plus en plus du nez et l'appareil descendant sans cesse, la gîte s'accentuant progressivement et de manière particulièrement alarmante. A la fin, au moment où l'obscurité allait se faire, il flottait pratiquement, grattant le sol de sa proue verticalement, au point que le passager ne tenait plus que grâce à une boucle de son harnais passée à un anneau du fuselage, qui l'empêchait d'être précipité au sol.

Son mouvement de translation n'était plus que celui du dévers, l'appareil chassé par le vent de sud-est, vint s'affaler doucement sur le tapis de mousse en contrebas, quand la brise cessa et que le soleil se fut couché.

La dernière fois qu'il l'avait aperçu, l'Homme-Vert se dirigeait à toute allure vers les montagnes se dressant dans le lointain. Le fils de John Carter, héritier de volonté sans faille de son père, entreprit de poursuivre la route à pied avec une résolution implacable.

Toute la nuit il alla ainsi de l'avant, atteignant au

petit jour le pied des collines qui gardaient l'approche d'une forteresse de montagnes, connues sous le nom de Torquas.

C'était une barrière formidable, accidentée à souhait, faites de parois granitiques culminant très haut. Pourtant, le guerrier Vert avait entraîné dans ce monde inhospitalier de pierre, la jeune fille tant désirée par le cœur du jeune homme.

Il n'y avait aucune trace à suivre dans ce fond océanique, jonché d'un tapis de mousses. Nul indice. Les pattes du thoat, dans leur course rapide, ne faisaient qu'appuyer sur une végéation élastique qui s'inclinait, se relevant aussitôt, ne laissant ainsi aucun signe durable de son très bref passage.

Là, par contre, dans les collines, des éclats de roche pouvaient garder un témoignage de cette venue temporaire, du terreau noirâtre et des fleurs sauvages remplaçaient la sombre monotonie des immenses espaces des terres basses. Carthoris espérait bien découvrir quelques indices qui le guideraient aussitôt vers la bonne direction. Tant en conservant l'œil aux aguets, l'insondable mystère des traces paraissait bien devoir rester impossible à résoudre à tout jamais !

*
* *

Le jour allait tomber une nouvelle fois quand le regard exercé du jeune homme distingua, à plusieurs centaines de mètres devant lui, la teinte fauve d'une silhouette se déplaçant lentement parmi les éboulis.

Se dissimulant derrière un gros rocher, Carthoris surveilla la chose devant lui. C'était un gros banth, un de ces lions sauvages de Barsoom, qui hantent les collines désolées de la planète moribonde.

La créature reniflait, le museau pratiquement au contact du sol : il était manifeste qu'il suivait une piste dont l'odeur était celle de la chair fraîche.

Tout en l'observant, Carthoris fut envahi d'un immense espoir, peut-être allait-il apporter la solution au mystère à résoudre. Ce monstre, sans cesse affamé, était toujours à la recherche de chair humaine. Donc, il risquait fort d'être sur la piste de ceux que Carthoris recherchait activement.

Le jeune homme rampa tout doucement en direction du mangeur d'hommes. La créature longeait la base d'une falaise à pic, reniflant une piste invisible tout en émettant de temps à autre un grognement caractéristique du banth suivant une trace.

Carthoris surveillait la bête depuis quelques minutes seulement quand cette dernière disparut subitement et mystérieusement, littéralement volatilisée dans les airs.

L'homme sauta sur ses pieds : il n'entendait pas être berné comme il l'avait déjà été une fois. Il se précipita vers l'avant, d'un pas décidé pour gagner l'endroit précis où la brute s'était planquée pour la dernière fois.

La falaise s'étendait devant lui sans aucune interruption, la paroi vierge de toute ouverture, dans laquelle le gros banth aurait pu loger son corps. Mais à côté, un bloc rocheux horizontal plat, guère plus large que le pont d'un aéronef de dix hommes s'élevait à deux hauteurs d'homme, pas davantage.

Se pouvait-il que le banth soit dissimulé derrière le roc ? La brute avait-elle senti qu'un homme était à ses trousses ? Peut-être, après tout était-elle à l'affût, attendant de pouvoir se précipiter sur une proie facile.

Avec d'infinies précautions, sa longue épée à la

main, Carthoris rampa en contournant le bloc... pour constater qu'il n'y avait aucune trace de banth. Par contre, il découvrit quelque chose qui le surprit beaucoup plus que la présence de vingt banths !

Devant lui, l'ouverture béante d'une sombre caverne plongeait directement vers il ne savait quelle profondeur. Le banth avait parfaitement pu s'y introduire. Finalement, était-ce sa tanière ? L'intérieur ne récélait-il pas non seulement un banth, mais plusieurs de ces redoutables créatures ?

Carthoris l'ignorait. Avec l'irrésistible élan qui l'avait poussé de l'avant sur la trace même de ce monstre, il ne se soucia nullement de l'inconnu ; il était pratiquement certain que le banth avait éventé dans cette caverne obscure les traces de l'Homme-Vert et de sa captive.

De la même manière il pouvait les suivre, tout heureux de donner éventuellement sa vie pour défendre la cause de la femme qu'il aimait.

Il n'hésita pas une seconde. Son épée prête, il avançait simplement avec prudence, s'enfonçant résolument dans l'obscurité.

CHAPITRE V

La race des Hommes au teint clair

L'étrange ouverture allait en descendant selon un chemin à la fois large et uni. Carthoris ne doutait plus maintenant que le souterrain suivi ne soit nullement une caverne mais bel et bien un tunnel traversant les montagnes.

Il pouvait entendre par instants réguliers devant lui, les légers gémissements du banth. Mais par derrière, venait également un bruit similaire d'apparence surnaturelle, comme un écho ! Il était évident dans ces conditions qu'un autre banth le suivait ! Une seule conclusion : il se trouvait coincé entre les deux monstres !

Sa situation était rien moins que plaisante, le regard ne pouvait percer l'obscurité, incapable de distinguer une main agitée devant son visage ! Mais les banths, eux, et il le savait parfaitement, pouvaient le voir aisément, même en l'abscence de toute luminosité.

Aucun autre bruit ne parvenait à ses oreilles que ces sinistres plaintes, assoiffées de sang de la bête le précédant et celle le suivant !

Le tunnel continuait tout droit, exactement le même depuis l'entrée sur le côté de la plate-forme rocheuse à la base des falaises infranchissables, qui l'avaient si longtemps défié. Il allait d'abord horizontalement, depuis un moment, il avait la très nette impression de monter légèrement.

La bête qui le suivait gagnait rapidement sur lui, l'obligeant à accélérer en se rapprochant dangereusement de celle qui le précédait. Il lui faudrait donc combattre l'une et l'autre presque simultanément ; il agrippa en conséquence son épée avec encore plus de force.

Il pouvait entendre maintenant le monstre qui le talonnait ; le moment de l'affrontement n'allait plus tarder.

Depuis un certain moment, il avait compris qu'il suivait un tunnel traversant les pentes montagneuses et aboutissant de l'autre côté de la barrière où une fois franchie, il espérait retrouver rapidement la lumière de la lune, surtout avant de devoir combattre les deux monstres.

Le soleil brillait encore quand il était entré dans ce boyau, mais il le suivait depuis assez longtemps pour être certain que la nuit régnait à présent sur le monde extérieur.

***

Il regarda derrière lui. Scintillants dans l'obscurité et semblait-il à guère plus de trois mètres, brillaient deux pointes de feu. Quand les yeux sauvages rencontrèrent les siens, la bête poussa un rugissement effrayant, et chargea.

Il fallait des nerfs d'acier pour faire face ainsi à l'assaut de cette masse sauvage et féroce, tout en restant calme devant les hideuses défenses, les sachant toutes baveuses d'une soif de sang et qu'en outre il ne voyait pas. Mais de sang froid, Carthoris ne manquait assurément pas !

Il se dirigeait vers les yeux phosphorescents. Habile escrimeur comme il l'était, il s'en servit de guide et projeta la pointe de son arme vers l'un d'eux ; puis il bondit sur le côté.

Le banth blessé, dans un cri terrible de douleur et de rage bondit en avant, toutes griffes dehors, dépassant sa cible. Mais il chargea à nouveau et cette fois, Carthoris ne vit plus qu'un point lumineux plein de haine à son égard.

La pointe atteignit cette nouvelle cible lumineuse. Le cri de la bête se fit entendre une seconde fois se répercutant comme un écho sous les voûtes du tunnel rocailleux ; un cri déchirant dans sa preuve de douleur torturante, attestait de l'irrémédiable et terrifiante cécité.

Quand il se retourna pour charger une nouvelle fois, l'escrimeur n'avait plus de repère pour diriger la pointe de son épée ; il entendit simplement les pattes prendre leur point d'appui sur le sol afin de bondir, sans qu'il puisse savoir où exactement, faute de ne rien voir !

Mais cette fois-ci, s'il ne distinguait pas son adversaire, ce dernier non plus ne pouvait le voir. Carthoris bondit au jugé en direction du centre de la galerie, l'épée en avant dans la direction exacte qu'il estimait être le poitrail de l'animal. C'était tout ce qu'il pouvait faire : espérer simplement que la lame irait atteindre exactement le cœur, la bête s'embrochant d'elle-même.

La chose fut tellement rapide que Carthoris eut du mal à en croire ses sens ; le corps puissant le frôla presque en se ruant follement. Soit il ne s'était pas placé exactement vers ce qu'il croyait être le centre de la galerie, soit l'animal aveuglé, s'était trompé dans son estimation et continuait sa route comme si sa proie fuyait en avant après l'avoir manquée.

Effectivement, Carthoris poursuivit dans cette direction et il ne fut pas long à distinguer enfin la lumière de la lune au bout du long passage, ce qui lui procura un vif soulagement.

***

Devant lui, s'étendait une profonde dépression, entièrement entourée de falaises à pic. Sur toute la surface de cette vallée poussait une profusion d'arbres immenses, un spectacle assez étrange dans une région de Mars où il n'y avait pas de canal. Le sol était tapissé d'un gazon écarlate, piqueté de-ci de-là de superbes fleurs sauvages

Le spectacle était d'un charme sans mesure, sous l'indicible beauté resplendissante des deux lunes, associée à l'étrangeté d'un véritable enchantement bien difficile à définir.

Mais sa contemplation ne dura qu'un bref instant et les beautés naturelles étalées devant lui ne purent le distraire de son but ; son regard venait d'être attiré par la silhouette d'un grand banth qui se tenait devant la carcasse d'un thoat fraîchement abattu.

L'énorme bête, la crinière dressée sur son affreuse tête et tout autour comme une collerette, gardait les yeux fixés sur l'incompréhensible comportement d'un autre banth qui errait sans but apparent tout en poussant des cris de douleur et des rugissements horrifiants, monstrueux de haine et de rage.

Carthoris comprit sans difficulté que cette bête n'était autre que celle qu'il avait aveuglée dans le combat du tunnel ; mais c'est le thoat mort qui attira à nouveau son attention, bien plus que les sauvages carnivores.

L'énorme monture martienne portait encore son harnachement et Carthoris ne pouvait plus douter que c'était bien celle qui avait transporté les deux personnes poursuivies : le guerrier Vert et sa captive Thuvia.

Mais où donc étaient-ils à présent ? Le prince d'Hélium frissonna à la pensée du sort qui avait pu être le leur. La chair humaine est un morceau de choix pour le féroce lion barsoomien, dont l'énorme charpente et les muscles exigent d'effrayantes quantités de viande, afin d'assurer leur vitalité. Deux corps humains auraient tout juste suffit à aiguiser leur appétit ! Qu'il ait tué et dévoré l'Homme-Vert et la femme Rouge lui semblait plus que probable, ayant réservé la carcasse du thoat comme plat de résistance après avoir dévoré le hors-d'œuvre de son festin !

Le banth aveugle n'arrêtait pas d'aller et venir furieusement et dans une de ses fougueuses charges, il avait dépassé la bête abattue par son compagnon. Une petite brise qui soufflait alors, lui apporta aux narines le fumet du sang frais.

A partir de là, ses mouvements cessèrent d'aller en tous sens au seul hasard. Avec de violents battements de queue et les mâchoires dégoulinantes de bave, il chargea comme une flèche, se dirigeant tout droit vers le corps du thoat et l'autre monstre destructeur, qui avait déjà planté ses griffes dans les flancs ardoises, prêt à défendre sa part du festin.

Parvenu à vingt pas, le banth qui avait tué le thoat se rebiffa et tous deux se lancèrent dans une lutte de rivalité effroyable, le second se précipitant d'un bond à la rencontre de l'attaquant.

***

La bataille qui s'ensuivit stupéfia même l'homme de guerre barsoomien ! Leur entre-déchirement fou, les rugissements hideux et assourdissants, l'implacable sauvagerie des bêtes ensanglantées le tinrent comme paralysé par leur pouvoir de fascination. Carthoris resta encore un moment immobile et fit un effort de volonté pour s'arracher de ce spectacle, après que les bêtes se furent déchirées, leurs têtes et leurs épaules mises mutuellement en lambeaux, leurs mâchoires restant plantées dans le corps l'un de l'autre, après que les deux bêtes se soient entre-tuées.

Se précipitant à côté du thoat mort, il se mit en quête d'indices relatifs à la fille qui craignait-il avait été victime du monstre au même titre que le thoat. Néanmoins, il ne découvrit aucune trace confirmant ses soupçons.

Le cœur plus léger, il entreprit d'explorer la vallée. Il n'avait pas fait une douzaine de pas, qu'un bijou scintillant sur le gazon vint l'aveugler.

Le ramassant, il vit au premier coup d'œil qu'il s'agissait d'un ornement d'une chevelure de femme, de plus le blason indiquait la Maison de Ptarth.

Le joyau était tâché d'un sang encore frais, ce qui le fit frémir.

Carthoris, encore choqué par la sinistre découverte, ne pouvait admettre une telle conclusion ; il était impossible qu'une créature aussi radieuse ait cessé d'être à tout jamais.

Le prince d'Hélium fixa ce bijou sur la grande sangle qui passait juste au-dessus de son cœur loyal, tout le reste du harnais se trouvant déjà orné de nombreuses gemmes précieuses. Il garda ainsi sur lui un objet d'autant plus cher à son cœur qu'il avait appartenu et avait été porté par Thuvia, la princesse de Ptarth.

Puis il reprit son exploration qui le mena au cœur de la vallée inconnue.

Les arbres gênaient la vision lointaine, la limitant à de seuls détails relativement proches. Il ne distinguait que par brefs moments les hautes collines servant de limites des deux côtés, et bien qu'elles paraissent toute proches tellement la lumière des lunes les éclairaient vivement, il savait qu'elles se trouvaient en réalité fort loin dans cette vallée à l'étendue considérable.

*
* *

Il continua ses recherches pendant la moitié de la nuit jusqu'à ce qu'il se trouve arrêté soudain par le glapissement de tout un troupeau de thoats.

Guidé de la sorte par le bruit de ces bêtes toujours de mauvaise humeur, il erra en avant en traversant la masse des arbres, jusqu'à parvenir à une sorte de plaine de niveau, plate et au centre de laquelle s'élevait une puissante cité, où culminaient des dômes noirâtres et des tours de couleurs vives.

L'Homme-Rouge vit à quelque distance des murs de fortification un grand campement de Guerriers-Verts appartenant aux fonds des mers disparues. Comme ses yeux parcouraient soigneusement la cité, il réalisa que ce n'était nullement une ville déserte, vestige d'un lointain passé, mais une cité habitée.

Oui ! mais de quelle ville s'agissait-il ? Ses études lui avaient bien appris qu'il y avait là une partie de Barsoom restée inexplorée sur laquelle les Hommes-Verts de Torquas régnaient en maître. Toutes les tentatives de l'Homme-rouge pour percer ce mystère au cœur de son propre domaine étaient restées vaines, contraint à revenir dans le monde civilisé.

Les hommes de Torquas avaient perfectionné d'énormes canons à l'aide desquels leurs tireurs magiciens avaient réussi à repousser tous les efforts déployés par les Hommes-Rouges de plusieurs nations voulant explorer leur pays par voie aérienne, en envoyant leurs flottes de combat.

Carthoris savait parfaitement être à l'intérieur des limites de Torquas. Qu'il y existe une telle ville merveilleuse, il ne l'imaginait même pas. Quant aux chroniques du passé, elles étaient également muettes sur ce point, le mode de vie des Torquasiens assimilés exactement à celui de tous les autres Hommes-Verts dans des villes éteintes qui parsemaient la planète mourante. On ne soupçonnait nullement que des hordes Vertes aient été capables de construire le moindre édifice, à l'exception des incubateurs aux tout petits murs, dans lesquels leurs jeunes parvenaient à éclore grâce à l'action des rayons solaires.

Le campement des Hommes-Verts assiégeants entourait le mur fortifié à quelques cinq cents mètres. Entre lui et la cité ne s'élevait ni parapet ni aucune autre protection contre les tirs des canons ou des fusils. Maintenant, distinctes à la lumière du soleil levant, Carthoris pouvait apercevoir de nombreuses silhouettes se déplaçant en haut des fortifications et plus loin, sur les terrasses des habitations.

Que ce soient des êtres humains comme lui, il en était certain, mais ils étaient quand même trop éloignés pour pouvoir affirmer que c'étaient des Hommes-Rouges.

***

Sitôt le soleil levé, les Verts ouvrirent le feu sur les petites silhouettes se trouvant sur les fortifications. A la grande surprise de Carthoris, ces salves ne provoquèrent aucune réplique et la seule réaction visible fut simplement que tous les habitants trouvèrent un refuge contre la précision diabolique des tireurs ; de sorte que plus aucun signe de vie ne fut visible dans la cité.

Alors, se servant en guise de cachette des troncs d'arbre bordant la plaine, il commença à faire le tour des arrières des assaillants, espérant, contre tout espoir, qu'il parviendrait bien à apercevoir Thuvia, convaincu qu'elle était vivante.

Le fait qu'il ne soit pas découvert tenait du miracle puisque des guerriers montés allaient et venaient sans cesse entre le camp et la forêt.

L'interminable journée s'écoula, quêtant inlassablement à la recherche de l'impossible. En soirée, il parvint en face d'une porte monumentale et principale de la ville, à l'ouest de celle-ci.

Il semblait bien que les hordes attaquantes aient placé là le principal de leurs forces. Une estrade sur laquelle Carthoris aperçut affalé, un grand guerrier-Vert, entouré d'individus de son espèce, avait été dressée.

Ce ne pouvait être que le célèbre Hortan Gur, jeddak de Torquas, un vieil ogre féroce de l'hémisphère sud-ouest, ne serait-ce que pour la bonne raison qu'une plate-forme est toujours avancée, même dans les camps temporaires ou au cours des haltes, du moins chez les hordes vertes de Barsoom.

Comme l'Héliumite observait furtivement, il vit un autre guerrier Vert se frayer un chemin en direction de la plate-forme. Il traînait après lui une captive et tous les guerriers présents s'écartaient pour leur laisser le passage, ce qui permit à Carthoris de mieux distinguer la physionomie de la prisonnière.

Son cœur bondit dans sa poitrine ! C'était Thuvia de Ptarth, toujours vivante !

***

Le jeune homme eut bien du mal à se réfréner et s'empêcher de bondir au côté de la princesse de Ptarth mais la sagesse finit par l'emporter considérant les créatures étranges auxquelles il se serait trouvé confronté, inutilement. L'avenir lui fournirait certainement bien d'autres occasions de lui porter secours.

Il la vit traînée jusqu'au pied du podium où Hortan Gur s'adressa à elle. Il ne pouvait entendre les questions de cette créature, ni les réponses de Thuvia ; mais ces dernières eurent le don d'irriter fortement l'Homme-Vert car il le vit bondir vers la prisonnière et lui donner un violent coup sur le visage de son avant-bras orné de bijoux métalliques.

Alors, le fils de John Carter, jeddak des jeddaks, Seigneur de Guerre de Barsoom, vit rouge : le vieil et habituel voile rouge que son père connaissait si bien, et qui apparaissait avant de vifs affrontements vint flotter également devant son propre regard.

Ses muscles à demi-terrestre, répondant prestement à sa volonté, lui permirent de gigantesques bonds en direction du monstrueux Homme-Vert qui avait eu l'audace de frapper la femme qu'il aimait.

Les Torquasiens ne regardaient pas en direction de la forêt ; tous les yeux étaient dirigés vers la fille et leur jeddak. Ils se mirent à rire bien fort et de façon affreuse, appréciant beaucoup la brutalité pourtant révoltante que leur roi avait ainsi opposée à la demande de remise en liberté de la princesse.

Carthoris n'avait franchi que la moitié de la distance qui séparait la forêt de la ligne de guerriers Verts quand un autre fait contribua à détourner leur attention encore davantage.

Au sommet d'une tour de la cité assiégée, un homme apparut, les mains en porte-voix autour de la bouche, il émit une série de cris effrayants : des sons étranges et inquiétants à la fois se propageaient, stridents, apportant la terreur au-delà des murailles de la ville, bien plus loin que les assiégeants et jusqu'aux confins de la forêt, aux limites même de la vallée.

Une fois, deux fois et une troisième encore ces sons redoutables résonnèrent aux oreilles des Hommes-Verts pour aller bien au-delà, jusque dans les bois. En réponse et venant de très loin, parvinrent également d'étranges cris, aigus et clairs.

Ce ne fut qu'un début. D'un peu partout arrivèrent des cris sauvages semblables, jusqu'à ce que le monde entier paraisse trembler de peur devant leurs échos.

Les Hommes-Verts se mirent à regarder autour d'eux nerveusement. Ils ignoraient la peur telle que les hommes de la Terre la connaissent, mais face à l'inhabituel, ils sentaient leur assurance les quitter.

***

La grande porte faisant face au podium d'Hortan Gur s'ouvrit subitement toute grande. Il s'en écoula un étrange spectacle, que Carthoris n'avait encore jamais vu.

Il n'eut le temps de jeter qu'un bref coup d'œil sur les grands archers faisant irruption abrités derrière leurs longs boucliers ovales, notant leur chevelure longue et roussâtre, pour comprendre que les choses grondantes qu'ils avaient à leurs côtés étaient tout simplement des lions Barsoomiens !

Il se trouvait en plein milieu des Torquasiens stupéfaits, avec sa longue épée à la main ; Thuvia de Ptarth dont les yeux tombèrent sur lui en premier, le prit d'abord pour John Carter, son père, tellement l'analogie dans la manière de combattre était grande entre le père et le fils, jusque dans le fameux sourire qu'affichait le Virginien lors de la bataille. Le maniement de l'épée précis et rapide !

Les alentours n'étaient que remous et confusion. Les guerriers Verts bondissaient sur le dos de leurs thoats rétifs et glapissants. Les calots poussaient, eux, leurs gémissements sauvages et gutturaux, se mêlant aux grognements des ennemis qui arrivaient inexorablement.

Than Bar et quelques autres personnages se tenant à ses côtés sur le podium, avaient été les premiers à remarquer la venue de Carthoris se battant pour la possession de la jeune fille Rouge, alors que les autres se précipitaient, tentant d'endiguer la venue des assaillants sortis de la cité assiégée.

Carthoris essayait de défendre à la fois Thuvia et de s'appocher de l'affreux Hortan Gur voulant venger la fille du coup qu'il lui avait assené.

Il parvint à atteindre le pavois du souverain en enjambant les corps des deux guerriers qui avaient tenté de rejoindre Thar Ban et son compagnon, repoussant cet homme Rouge trop entreprenant, juste au moment où Hortan Gur allait sauter sur le dos de son thoat.

L'attention des combattants était surtout dirigée vers les archers arrivant de leur cité, accompagnés de banths sauvages, ces cruelles bêtes de guerre, infiniment plus terribles que leurs propres calots.

Quand Carthoris parvint enfin à sauter sur le pavois, il poussa Thuvia derrière lui se retournant vers le jeddak en fuite, la rage au cœur et l'épée brandie.

Alors que la pointe de l'Héliumite se dirigeait droit vers sa cible Verte, Hortan Gur se retourna vers son adversaire avec un grognement de rage. A ce même instant, deux de ses chefs l'appelèrent pour qu'il se hâte, car la charge des Hommes-Clairs de la cité progressait dangereusement beaucoup plus qu'ils ne l'avaient supposé à l'origine.

Plutôt que de rester à batailler avec l'homme Rouge, Hortan Gur se contenta de lui confirmer qu'il serait son homme par la suite, mais qu'il lui fallait d'abord s'occuper des habitants de la ville fortifiée. Il bondit sur son thoat pour aller au galop à la rencontre des archers qui arrivaient en masse.

Les autres guerriers suivirent très vite leur jeddak, délaissant Thuvia et Carthoris seuls sur le podium.

***

Une immense bataille faisait rage entre la ville et eux. Les guerriers à la peau claire armés de leurs seuls arcs et d'une sorte de hache de guerre semblaient assez désemparés devant les Hommes-Verts sauvages montés sur leurs thoats. Mais ils excellaient tellement au tir, que les dégâts causés par leurs arcs et flèches valaient nettement ceux des balles au radium tirées par les fusils de leurs adversaires.

Néanmoins, si les soldats étaient quelque peu dépassés, on ne peut en dire autant des banths, leurs compagnons. A peine les deux fronts se furent-ils rejoints que des centaines de monstres se précipitèrent sur les Torquasiens et leurs thoats, jetant la consternation générale.

Les habitants de la ville avaient l'avantage du nombre, si un guerrier tombait, il était aussitôt remplacé par une vingtaine d'autres, à un rythme tel qu'ils paraissaient s'écouler comme un torrent venant des rues de la cité.

Il en venait sans cesse, se déversant par la grande porte : leur habileté au tir à l'arc et la sauvagerie de l'attaque des banths firent que les Torquasiens commencèrent à flancher et à se replier. L'estrade où Thuvia et Carthoris se trouvaient vint exactement dans la ligne de tir, exposés seuls entre deux feux au milieu du gros de la bataille et la cité. Qu'unc balle ou une flèche nc les ait pas atteints tenait du miracle ! Devant eux s'étendait un champ de désolation, les morts et les mourants disséminés en tous sens où une vingtaine de banths grognant, moins bien dressés que les autres s'occupaient à choisir entre les masses de corps et dévoraient les proies à leur goût.

Ce qui apparaissait le plus remarquable à Carthoris dans cette bataille, était le terrible assaut des archers qui n'avaient pourtant à leur disposition que leurs armes rudimentaires. Pas un seul Homme-Vert n'était blessé, mais que de cadavres !

Après avoir été atteint par une flèche, la mort paraissait instantanée. A croire qu'elles atteignaient leur but de plein fouet à l'endroit vital, sans jamais rater leur cible. Une seule explication à cela : la pointe des flèches était empoisonnée !

***

Le bruit de la bataille s'estompait et s'éloignait dans la forêt. Le calme régnait, seulement rompu par moment par quelques banths occupés à dévorer. Carthoris se tourna alors vers la princesse. Ils n'avaient pas encore échangé le moindre mot.

– Où sommes-nous, Thuvia ? demanda-t-il.

Elle le regarda l'air stupéfait. Sa seule présence en cet endroit confirmait son implication dans les circonstances de son enlèvement.

– Qui d'autre que le prince d'Hélium le saurait mieux que lui ? répondit-elle. N'est-il pas venu ici de son propre chef ?

– Je suis venu depuis Aanthor volontairement, sur les traces de l'Homme-Vert qui vous avait enlevée Thuvia, reprit-il, mais quand j'ai quitté Hélium et jusqu'à ce que je me retrouve à Aanthor, je pensais bien être à Ptarth.

J'étais bien certain que je serais accusé d'avoir été l'auteur de votre enlèvement, expliqua-t-il alors en toute simplicité, et je me rendais aussi vite que possible auprès du jeddak votre père, pour le convaincre de l'erreur de ses soupçons et lui offrir mes services pour vous retrouver. Mais avant de quitter Hélium, quelqu'un a faussé mon compas, de sorte que je me suis éveillé à Aanthor au lieu de Ptarth. C'est tout. Est-ce que vous me croyez ?

– Mais les guerriers qui m'ont enlevée dans le jardin ! s'exclama-t-elle, portaient votre métal lors de notre arrivée à Aanthor. Quand ils m'ont ravie, ils avaient le harnais de Dusar. Il semblait bien n'y avoir qu'une seule explication à ce fait : celui qui osait faire un tel outrage voulait détourner les soupçons sur quelqu'un d'autre, au cas où il aurait été attrapé en pleine action. Une fois échappé de Ptarth, ses hommes de main pouvaient reprendre ses armoiries.

– Et vous pensez réellement que j'ai fait cela, Thuvia ? demanda-t-il.

– Ah, Carthoris ! Comme je le voudrais, répondit-elle tristement ; mais tout vous accuse, même si je ne voulais pas le croire !

– Je ne l'ai pas fait Thuvia, rétorqua-t-il, mais soyons totalement honnête envers vous. Autant je porte la plus grande affection à votre père, autant j'ai une immense estime envers Kulan Tith, à qui vous êtes promise ; et connaissant parfaitement les conséquences tragiques entraînées par un tel acte de ma part, précipitant nos trois nations de Barsoom dans une guerre ; malgré tout, je n'aurais pas hésité à m'emparer de vous, Thuvia de Ptarth, si vous m'aviez fait comprendre que cela ne vous déplaisait point.

Mais vous n'avez jamais rien fait dans ce sens-là, aussi suis-je ici non pas pour moi-même mais à votre service et dans l'intérêt de l'homme à qui vous êtes promise afin de vous sauver pour lui, du moins si cela est possible dans les limites des pouvoirs d'un homme, conclut-il amèrement.

Thuvia le contempla un bon moment, la poitrine oppressée, en proie à une vive émotion. Elle entreprit un pas dans sa direction, ses lèvres se préparèrent à prononcer quelques paroles, avec vivacité et irrésistiblement.

Néanmoins, quels que soient les sentiments qui l'avaient envahie, elle se domina complètement.

– Les actes à venir du prince d'Hélium, dit-elle d'un ton glacial, constitueront en eux-mêmes la preuve de l'honnêteté de ses intentions passées.

Carthoris fut blessé du ton pris par la fille, autant que par la mise en doute de son intégrité que ces mots impliquaient.

Il avait espéré à moitié qu'elle reconnaîtrait son amour comme acceptable ; de toute manière, elle lui devait malgré tout une certaine gratitude pour ses actes les plus récents en sa faveur ; or, tout ce qu'il récoltait, était un froid scepticisme !

Le prince d'Hélium se contenta alors de hausser les épaules. La fille s'en aperçut, elle nota le léger sourire qui effleurait ses lèvres. A son tour, elle s'en trouva choquée !

Bien entendu, elle n'avait nullement eu l'intention de le blesser. Il devait bien avoir compris qu'après ce qu'il venait de lui dire, elle ne pouvait rien avancer qui l'encourage dans cette voie ! Il n'aurait donc pas dû rendre son indifférence aussi tangible ; les hommes d'Hélium sont réputés pour leur galanterie, non pour leur caractère bourru ! Peut-être était-ce la part de sang terrien qui courait dans ses veines !

Comment aurait-elle pu deviner que ce haussement d'épaules n'était qu'un réflexe de Carthoris pour rejeter le réel chagrin étreignant son cœur, que le léger sourire n'était que le reflet de celui de son père au moment du combat, le même finalement par lequel le fils donnait la preuve extérieure de sa détermination d'enfouir son grand amour afin de sauver Thuvia de Ptarth pour un autre homme que lui, parce qu'il était convaincu qu'elle aimait cet autre !

***

Il revint alors à sa question d'origine :

– Où sommes-nous ? Je l'ignore totalement.

– Moi aussi, répliqua-t-elle. Ceux qui m'ont capturée à Ptarth parlaient entre eux d'Aanthor ; j'ai pensé que les ruines où nous étions étaient celles de cette ville. Mais où nous sommes maintenant, je n'en ai aucune idée.

– Quand les archers reviendront nous l'apprendrons certainement d'eux, dit Carthoris. Souhaitons simplement qu'ils soient amicaux. A quelle race appartiennent-ils ? On observe des hommes à la peau claire et à la chevelure roussâtre, seulement dans certaines légendes et sur des fresques murales peintes sur les murs de très vieilles cités désertes dans le fond des mers mortes. Est-il possible qu'il subsiste une cité fossile, survivante du passé, que tout Barsoom a cru enfouie depuis des temps immémoriaux ?

Thuvia regardait en direction de la forêt où les

Hommes-Verts et les archers poursuivants avaient disparu. De cette grande distance parvenaient encore les glapissements hideux des banths et de temps à autre, quelques coups de feu.

– C'est curieux, on ne les voit plus et ils ne reviennent pas, observa la jeune fille.

– En effet, on s'attendait vraiment à voir les blessés se traîner, ou encore transportés par des hommes valides retourner vers la ville, reprit Carthoris avec un froncement intrigué des soucils. D'ailleurs, où sont donc les blessés proches de la cité ? Auraient-ils été transportés à l'intérieur dès le début de l'action ?

Tous deux regardèrent attentivement dans cette direction, vers les murs fortifiés, là où les combats avaient été les plus acharnés.

On voyait distinctement les banths, grognant toujours en dépeçant leur affreux festin.

Carthoris regarda Thuvia d'un air médusé et désignant du doigt le champ de bataille :

– Où sont-ils ? murmura-t-il. Qu'est-il advenu des morts et des blessés ?

CHAPITRE VI

Le jeddak de Lothar

La fille regarda, incrédule.

– Mais, ils étaient entassés, murmura-t-elle. Il y en avait des milliers il n'y a que quelques minutes !

– Et maintenant, continua Carthoris, il se subsiste que les banths et les restes des Hommes-Verts.

– Ils doivent avoir dépêché des équipes de convoyeurs et transporté les morts pendant que nous parlions, dit-elle.

– C'est impossible ! reprit Carthoris. Il y avait là des milliers de cadavres gisant sur ce champ, il y a à peine un moment : il aurait fallu de nombreuses heures pour tout enlever. C'est incompréhensible !

– J'avais espéré, dit Thuvia, que nous pourrions trouver un abri auprès de ces hommes au teint clair. En dépit de leur valeur sur le champ de bataille, ils ne me semblaient pas tellement cruels, ou particulièrement belliqueux. J'étais sur le point de vous suggérer d'essayer d'entrer dans cette cité ; mais je dois dire que maintenant je crains énormément de me mêler à une peuplade dont les morts s'évanouissent dans les airs.

– Prenons tout de même le risque, répliqua Carthoris, nous ne serons pas plus mal entre leurs murs qu'ici, dehors nous risquons toujours de tomber sous les dents d'un des banths ou encore pire, les non moins féroces Torquasiens. Là-bas au moins, nous trouverons des êtres bâtis à notre image, sur le même moule que nous.

Ce qui me fait tellement hésiter, ajouta-t-il, c'est d'être obligés de courir le danger de passer devant tant de banths. Une seule épée aura difficilement raison de deux d'entre eux seulement, s'ils s'avisent de nous charger simultanément.

– Ne craignez rien à ce sujet là, objecta la fille en souriant, les banths ne nous feront aucun mal.

Tout en parlant de la sorte, elle descendit de la plate-forme et Carthoris restant à ses côtés, elle se dirigea fermement vers le champ tout éparpillé de flaques de sang, en direction des murailles de la cité mystérieuse.

***

Ils n'avaient finalement franchi qu'une courte distance quand un banth occupé à faire un plantureux festin releva la tête et les éventa. Il courut alors dans leur direction, avec un grondement de rage. A ce cri, une vingtaine d'autres banths se précipitèrent également dans la même direction. Carthoris dégaina sa longue épée et la fille lui jeta un bref coup d'œil. Elle remarqua le sourire dessiné sur ses lèvres et ce fut un véritable baume qui la tranquillisa ; tous les hommes de Barsoom à la guerre sont braves, leurs femmes réagissant avec la même assurance et calmement, devenant indifférentes devant le danger, ne craignant ni Dieu ni diable et ce en toute simplicité.

– Vous pouvez rengainer votre arme, dit-elle, je vous

ai déjà assuré qu'aucun banth ne nous fera du mal. Voyez plutôt ! et elle marcha rapidement vers l'animal le plus proche.

Carthoris était prêt à bondir à ses côtés pour la protéger mais, d'un geste, elle lui intima de se tenir en retrait. Il l'entendit alors s'adresser aux banths en émettant un son grave semblable à un véritable bourdonnement chantant.

Instantanément, toutes les têtes de ces monstres se tournèrent dans sa direction, leurs yeux diaboliques fixant le visage de la fille ; à pas de loup, ils commencèrent à se diriger vers elle. Elle s'était arrêtée et se tenait immobile, les attendant.

L'un d'eux, plus proche que les autres était hésitant. Elle s'adressa à lui de manière impérieuse, comme un maître s'adresse à son chien récalcitrant.

Le grand carnivore baissa la tête et la queue entre les jambes vint ramper aux pieds de la fille, tous les autres en firent de même, de sorte qu'elle se trouva bientôt entourée d'une énorme bande de mangeurs d'hommes plus dociles les uns que les autres.

Elle se retourna alors pour voir où était Carthoris. Comme elle se rapprochait de l'homme, ils grondèrent un peu mais de quelques mots prononcés d'un ton cassant, elle les obligea à rester à leur place.

– Comment faites-vous ? s'exclama Carthoris.

– Une fois, votre père m'a posé exactement la même question ; nous étions au milieu des galeries creusées dans les Falaises d'Or des montagnes d'Otz, à l'intérieur du Temple des Therns. Je n'ai pas pu lui répondre, tout comme je ne puis vous répondre ; j'ignore comment je peux avoir un tel pouvoir sur eux, mais toujours est-il, depuis ce jour où Sator Thorg m'a fait jeter dans le puits aux banths des Saint-Therns et qu'une de ces créatures s'est mise à plat ventre au lieu de me dévorer, j'ai toujours possédé cet étrange pouvoir sur eux. Elles viennent à mon appel et font ce que je désire, tout comme le fidèle Woola obéit aux ordres de votre éminent père.

Effectivement, sur un simple mot, la jeune fille dispersa cette redoutable assemblée ! Rugissant, ils retournèrent à leur festin interrompu, tandis que Thuvia et Carthoris, traversant leur groupe, se dirigèrent en direction des fortifications de la ville.

Tout en avançant, il examinait avec étonnement les cadavres des Hommes-Verts qui n'avaient pas été dévorés ou déchirés par les banths.

Il attira l'attention de Thuvia sur eux : aucune flèche ne sortait de leurs énormes corps. En outre, aucun d'entre eux ne révélait la moindre blessure mortelle, ni même une égratignure ou simple coupure.

Avant la disparition des archers morts les corps des Torquasiens se trouvaient criblés des flèches meurtrières de leurs adversaires : qu'était donc la nature exacte du messager de mort qu'elles transportaient ? Et quelles mains invisibles les avaient retirées des corps abattus ?

Carthoris ne put réfréner un frisson d'appréhension en jetant un regard vers la cité silencieuse qui s'étendait devant eux. On n'y distinguait aucun signe de vie sur les fortifications ou sur les terrasses des maisons. Tout y était d'un calme incroyable, anormal, menaçant.

Pourtant il était certain que des yeux derrière ces murs nus les observaient.

***

Il regarda Thuvia. Elle avançait, les yeux grands ouverts, dirigés fixement vers la porte monumental de la ville. Scrutant cette même direction, il ne vit rien de remarquable.

Le regard qu'il posa sur elle sembla la tirer d'une sorte de léthargie ; elle lui jeta alors un coup d'œil rapide, une esquisse de sourire aux lèvres et comme si ses actes étaient involontaires, elle se rapprocha de lui et mit une de ses mains dans la sienne.

Il en déduisit que quelque chose en elle était au-delà de son contrôle personnel et la poussait à demander une protection. Il jeta un bras autour de ses épaules et ils traversèrent ainsi le vaste champ. Elle ne fit rien pour se dégager et il est douteux qu'elle ait bien réalisé que son bras était ainsi passé autour d'elle, pronfondément imprégnée du mystère de l'étrange cité qui s'étendait devant eux.

Ils s'arrêtèrent devant la porte. Elle était monumentale autant par sa conception que par sa construction. Carthoris nc put que lui attribuer une très lointaine ancienneté issue de la nuit des temps, pratiquement insondable.

Elle était circulaire, se refermant sur une ouverture de même forme. L'Héliumite savait, pour l'avoir étudié naguère, qu'elle roulait latéralement, comme une énorme roue, dans une ouverture pratiquée à l'intérieur de la muraille.

Cette pratique d'un monde multi millénaire prouvait que la cité d'Aanthor était d'une fabuleuse antiquité, celle où les races de cette époque construisaient de telles portes.

*
* *

Alors qu'il était là à spéculer sur l'âge véritable de cette ville oubliée, une voix au-dessus d'eux leur parvint. Tous deux regardèrent dans cette direction. Ils virent un homme, penché vers eux, qui leur parlait du haut des rempats.

Sa chevelure était rousse, sa peau blanche, plus claire encore que celle de John Carter le Virginien ; son front large et élevé et ses grands yeux reflétaient l'intelligence.

La langue utilisée était compréhensible par les deux visiteurs bien qu'il y eut une différence marquée dans les accents et les intonations.

– Qui êtes-vous ? demanda-t-il, et que faites-vous ainsi devant la porte de Lothar ?

– Nous sommes des amis, répondit Carthoris, voici la princesse Thuvia de Ptarth, qui avait été faites prisonnière par des hordes Torquasiennes. Moi, je suis Carthoris d'Hélium, prince de la maison de Tardos Mors, jeddak d'Hélium et fils de John Carter, Seigneur de Guerre de Mars et de sa femme Dejah Thoris.

– Ptarth ? répéta l'homme, Hélium ? et il secoua la tête en signe de dénégation. Je n'ai jamais entendu parler de ces endroits là et je n'ai jamais entendu parler d'une population qui peuple Barsoom ni d'une race portant sa couleur. Où donc sont ces cités dont tu parles ? De la tour la plus élevée que nous possédons, on ne découvre nullement d'autre ville que Lothar elle-même !

Carthoris pointa en direction de nord-est.

– C'est dans cette direction que se trouvent Hélium

et Ptarth, précisa-t-il. Hélium est à plus de huit mille haads de Lothar ; et Ptarth se situe à neuf mille cinq cents haads au nord-est d'Hélium[1].

L'homme continua à dodeliner de la tête.

– Je ne sais rien de ce qui est au-delà des collines de Lothar, ajouta-t-il. Rien ne peut y vivre, à part les hideux Hommes-Verts des hordes de Torquas ; ils ont conquis la totalité de Barsoom, sauf cette vallée et la ville de Lothar. Nous les défions depuis des âges incalculables, bien qu'ils persévèrent à nous attaquer périodiquement, dans le but de nous détruire. D'où venez-vous ? Je ne peux que croire que vous êtes des descendants d'esclaves que les Torquasiens ont capturés dans les âges passés, quand ils ont réduit le monde extérieur à l'état d'esclavage. Nous savons qu'ils ont détruit toutes les autres races sauf la leur qui seule subsiste.

Carthoris tenta de lui expliquer que les Torquasiens ne contrôlaient qu'une toute petite partie de la surface de Barsoom et ne le pouvaient que parce que leur

1. Sur Barsoom « l'ad » est l'unité de mesure linéaire ; c'est pratiquement l'équivalent du « pied » terrestre (30,48 cm) puisqu'il vaut 11,694 inches (2,54 cm) soit 29,70 cm. Comme j'en ai toujours eu l'habitude dans le passé, j'ai presque toujours converti les symboles barsoomiens de temps, d'espace, etc., en leur équivalent terrestre, de manière à être mieux compris des lecteurs sur Terre. Pour ceux qui veulent faire une étude plus en profondeur, il peut être intéressant de connaître la table des équivalences à Barsoom même. La voici :
10 sofads = 1 ad.
200 ads = 1 haad.
100 haads = 1 karad.
360 karads = 1 circonférence de Mars à l'équateur.

Un haad, ou « mile » barsoomien, contient 2 339 pieds terrestres (712,93 m). Un karad vaut un degré de Mars à l'équateur et un sofad représente 1,17 inch terrestre (2,972 cm). (Note de l'auteur : le traducteur ayant ajouté, entre parenthèses, les valeurs en système métrique : mètres et centimètres.)

domaine ne contenait rien qui puisse attirer l'intérêt de la race des Rouges.

Mais le Lotharien sembla ne pas pouvoir concevoir autre chose au-delà de sa vallée de Lothar, sinon un peuple perdu pourchassé par les féroces hordes d'Hommes-Verts de Torquas.

***

Après bien des palabres, il accepta finalement de les admettre dans la cité. Un moment plus tard, la porte en forme de roue se mit à rouler dans sa niche, Thuvia et Carthoris pouvaient pénétrer dans les murs de Lothar.

Autour d'eux, tout attestait d'une richesse fabuleuse : les façades des immeubles en bordure de l'avenue pénétrant dans la ville depuis la porte, aux murs richement sculptés ; les pourtours des fenêtres et des portes sertis de pierres précieuses, de mosaïques somptueuses ou de motifs en or battu ornés de bas-reliefs relatant des scènes quotidiennes du peuple maintenant disparu.

Celui avec lequel ils avaient tant discuté sur le mur se tenait dans cette avenue pour les accueillir. Il était accompagné par une bonne centaine d'hommes de sa race tous habillés de robes flottantes et aux corps imberbes.

Leur attitude procédait beaucoup plus d'une méfiance craintive que d'un antagonisme agressif. Ils suivaient l'homme, l'accompagnant du regard mais ne communiquaient pas entre eux.

Carthoris ne put s'empêcher de remarquer que si la cité était entourée peu de temps avant d'une foule de démons assoiffés de sang, plus aucun citoyen n'y paraissait ainsi maintenant, tout signe d'une présence armée avait disparu.

Il s'en étonna intérieurement, se demandant si tous les guerriers s'étaient réunis en totalité dans un ultime effort, pour barrer le chemin aux envahisseurs, laissant ainsi la cité sans plus aucun défenseur. Il posa la question à son hôte.

L'homme sourit.

– Aucune créature autre qu'une vingtaine de nos banths sacrés n'a quitté Lothar ce jour, répondit-il.

– Mais tous ces soldats ! Les archers ! s'exclama Carthoris, nous les avons vus émerger de cette porte par milliers, submergeant les hordes de Torquas, les mettant en déroute avec leurs flèches mortelles et une importante bande de banths féroces.

L'homme sourit une nouvelle fois, d'un air entendu.

– Regardez ! s'écria-t-il en désignant du doigt une large avenue devant lui.

Carthoris et Thuvia suivirent du regard la direction indiquée et là, marchant fièrement dans la lumière du soleil, ils virent toute une armée d'archers qui se dirigait vers eux.

– Ah ! s'exclama Thuvia, les voici revenus. Ils ont franchi une autre porte... à moins que ce ne soit les réserves qui ont pour rôle de défendre la ville ?

L'individu se remit à sourire de son air mystérieux.

– Il n'y a aucun soldat à Lothar, dit-il. Voyez !

Carthoris et Thuvia s'étaient retournés vers lui tandis qu'il parlait, ils regardèrent à nouveau pour contempler les régiments dans leur progression ; leurs yeux s'agrandirent de stupéfaction car l'avenue était parfaitement vide, aussi déserte qu'une tombe !

– Mais alors ! ceux que nous avons vus marcher sur

les hordes aujourd'hui même ? murmura Carthoris dans un souffle, elles aussi étaient irréelles ?

L'homme opina de la tête.

– Mais leurs flèches massacraient les guerriers Verts, insista Thuvia.

– Allons au-devant de Tario, reprit l'homme. Lui nous dira mieux ce qu'il estimera pouvoir vous confier ; j'ai peur pour ma part d'en dire trop.

– Qui est ce Tario ? demanda Carthoris

– Le jeddak de Lothar, reprit le guide. Il les guida tout le long de l'avenue où un instant avant une armée fantôme était en marche !

***

Ils allèrent pendant une demi-heure le long d'agréables avenues bordées d'immeubles les plus somptueux qu'ils aient jamais vus, peuplés de très peu de monde. Carthoris ne pouvait que remarquer à quel point cette ville était inhabitée.

Ils arrivèrent finalement au palais royal. Le jeune homme l'aperçut à distance et admirant la nature de ce magnifique édifice, s'étonna qu'il dénota d'aussi peu d'activité humaine et de vie.

Pas un seul garde visible devant la grande porte principale ni dans les jardins aux alentours aussi loin qu'il pouvait voir, ce qui constrastait tellement avec cette infinité de petits détails vivants animant les demeures royales des jeddaks Rouges.

– Voici le palais de Tario, dit le guide.

Alors qu'il parlait ainsi, Carthoris posa à nouveau un regard songeur sur ce magnifique palais. Il poussa alors une exclamation de stupéfaction et se frotta les yeux avant de regarder une nouvelle fois. Mais non ! il ne pouvait se tromper de la sorte : devant la porte massive se tenaient une vingtaine de gardes et tout au long de l'avenue de chaque côté, un rang d'archers. Les jardins étaient remplis d'officiers et de soldats se déplaçant rapidement en tous sens comme s'ils avaient des tâches urgentes à remplir.

Mais qui pouvait être ce peuple qui se contentait d'avoir une armée fantôme analogue à un courant d'air ? Il regarda Thuvia, elle également avait été témoin de cette métamorphose.

Elle se rapprocha de lui avec un petit frisson.

– Que pensez-vous de ça ? murmura-t-elle, c'est totalement incompréhensible.

– Je suis incapable de l'expliquer, répondit-il à moins que nous soyons devenus fous !

Carthoris se retourna rapidement vers le Lotharien qui souriait franchement.

– Vous nous avez affirmé il y a un instant qu'il n'y avait aucun soldat à Lothar, dit-il d'un geste large vers les gardes armés. Alors, qu'est-ce que cela ?

– Demandez-le à Tario, répondit l'autre. Nous serons bientôt en sa présence.

Effectivement ils ne tardèrent pas à pénétrer dans une chambre au sol surélevé à l'extrémité de laquelle un homme se trouvait allongé sur un riche canapé surmonté d'un dais très haut placé.

***

Le trio approchant, l'homme tourna un regard rêveur et à l'expression plutôt endormie. Leur guide s'arrêta à environ six mètres du dais, soufflant à Carthoris et à Thuvia de suivre son exemple, il se jeta au sol de tout son long. Puis, se soulevant pour marcher à quatre pattes, sur les mains et les genoux, il se mit à ramper vers la base du trône, balançant sa tête de part et d'autre et faisant frétiller son corps comme un chien d'appartement le fait en rampant vers son maître.

Thuvia jeta un rapide coup d'œil à Carthoris. Il se tenait debout, raide, la tête fièrement dressée et les bras croisés sur sa large poitrine. Un sourire dédaigneux se dessinait sur ses lèvres.

– Qui sont ceux-là, Jav ? demanda cet homme à celui qui frétillait en rampant sur le ventre tout au long du plancher.

– Ô Tario ! le plus glorieux des jeddaks, répondit Jav, ce sont des étrangers arrivés avec la horde de Torquas et parvenus jusqu'à nos portes. Ils affirment avoir été prisonniers des Hommes-Verts. Et ils racontent d'étranges histoires sur de prétendues cités qui existeraient bien loin au-delà de Lothar.

– Lève-toi Jav, commanda Tario et demande à ces deux individus pourquoi ils ne marquent pas à Tario le respect qui lui est dû.

Jav se releva et se tournant vers les étrangers les vit toujours debout. Il devint livide et bondit dans leur direction :

– Espèce de damnés ! s'écria-t-il, à plat ventre devant le dernier des jeddaks de Barsoom !

CHAPITRE VII

Les archers fantômes

Voyant Jav bondir vers lui, Carthoris plaça ostensiblement la main sur le pommeau de sa longue épée et le Lotharien s'arrêta net. La vaste pièce était entièrement vide à l'exception des quatre personnages tout autour du dais. Quand Jav se vit ainsi menacé par l'Héliumite, celui-ci se trouva soudainement entouré par une vingtaine d'archers.

D'où pouvaient-ils provenir ? Carthoris et Thuvia ne purent cacher leur étonnement.

L'épée se trouvait maintenant dégaînée mais simultanément, les archers bandaient leurs arcs dont les flèches se trouvaient sur le point d'être tirées !

Tario se leva à moitié sur un coude et pour la première fois il put contempler le visage de Thuvia qui s'était tenue jusque-là derrière la large silhouette de Carthoris.

– Suffit ! commanda le jeddak secouant sa main ; au même instant l'épée de l'Héliumite venait porter un coup de tranchant à son antagoniste le plus proche.

La pointe acérée ayant atteint son but, Carthoris la laissa prestement tomber au sol reculant d'un air consterné, les yeux grands ouverts de stupéfaction, il porta la main gauche à son front. L'acier n'avait rencontré que l'air ; son adversaire avait complètement disparu, de même que tous les archers dans la salle !

– Il est bien évident que ce sont là des étrangers, dit alors Tario à Jav, mais déterminons jusqu'à quel point ils nous ont affrontés, en connaissance de cause et avant de prendre nos dispositions pour décider d'une punition.

***

Il se retourna vers Carthoris mais ses yeux n'arrêtaient pas de contempler les lignes parfaites de Thuvia dont les traits harmonieux étaient davantage accentués que cachés par le harnais de princesse barsoomienne.

– Qui êtes-vous ? redemanda-t-il, vous qui ne savez même pas quelle étiquette adopter à la cour du dernier des jeddaks.

– Je suis Carthoris, prince d'Hélium, répondit l'interpellé. Et voici Thuvia, princesse de Ptarth. A la cour de nos pères, les hommes n'ont pas à se prosterner devant les personnages royaux, en tout cas plus depuis que les Premiers-Nés ont déchiquetés leur « immortelle divinité » membre à membre. On ne se traîne plus le ventre au sol depuis lors ; et ceci pour aucun trône de Barsoom. Pourquoi voudriez-vous que la fille d'un puissant jeddak et le fils d'un autre s'humilient de la sorte ?

Tario contempla longuement Carthoris et à la fin prit la parole :

– Il n'y a aucun autre jeddak sur Barsoom que Tario, affirma-t-il, pas plus qu'aucune autre race que celle de Lothar, les hordes de Torquas ne méritant absolument pas cette appellation. Les Lothariens sont blancs, alors que votre peau est rougeâtre. En outre, il n'y a plus de femmes sur Barsoom et votre compagnon est une femme.

Il se redressa sur sa couche et se penchant très en avant il pointa un doigt accusateur vers Carthoris :

– Tu es une pure invention ! s'écria-t-il, vous êtes tous les deux des inventions mensongères et vous avez l'audace de venir devant Tario, le dernier et le plus puissant des jeddaks de Barsoom, en affirmant votre réalité ! Quelqu'un paiera pour cette audace ; Jav, si je ne me trompe, c'est toi qui a osé, avec désinvolture, venir narguer la bonté de ton jeddak.

– Fais disparaître cet homme et laisse la femme ici. Nous verrons bien lequel des deux est un leurre ou si les deux à la fois sont un subterfuge. Ensuite Jav, tu subiras les conséquences de ton audace. Nous ne sommes plus tellement nombreux, mais... Komal doit recevoir sa nourriture ! Va !

Carthoris observa que Jav tremblait au moment où il s'inclina bien bas une nouvelle fois devant son maître. Se redressant il se tourna vers le prince d'Hélium :

– Venez ! intima-t-il.

– Et laisser la princesse de Ptarth ici, toute seule ? s'écria Carthoris.

Jav le frôlant lui murmura :

– Suivez-moi, il ne peut lui faire aucun mal, sauf la tuer et cela que vous soyez là ou non. Nous ferions bien de partir maintenant, croyez-moi et faites-moi confiance.

***

Carthoris ne comprenait pas bien mais quelque chose dans le ton pressant de son interlocuteur le rassura. Il se tourna donc pour s'en aller, non sans lancer à Thuvia un regard dans lequel il tentait de lui faire comprendre qu'il était dans son propre intérêt qu'il la laisse là.

Pour toute réponse elle lui tourna complètement le dos, lui jetant un regard de mépris qui lui fit monter le rouge aux joues.

Il hésita alors, mais Jav lui prit le poignet :

– Venez ! souffla-t-il à nouveau, ou il enverra les archers contre vous, et cette fois, vous ne pourrez leur échapper. N'avez-vous pas vu combien votre acier était futile contre l'air et le néant ?

Carthoris le suivit mais avec réticence. Comme ils avaient quitté la salle, il se retourna vers son compagnon :

– Si je ne puis tuer de l'air et du néant, comment ces derniers pourraient-ils me tuer ?

– Mais vous avez bien vu les Torquasiens s'écrouler devant les archers ? demanda Jav.

Carthoris opina.

– Hé bien ! vous tomberiez devant eux de la même manière et sans avoir la moindre occasion de vengeance ou même de vous défendre.

Tout en parlant ainsi, Jav laissa Carthoris dans une pièce située dans une des nombreuses tours du palais. Il y avait-là des canapés et Jav invita Carthoris à s'asseoir.

Le Lotharien observa son prisonnier en silence pendant plusieurs minutes, et ce dernier sentit bien qu'il était désormais à sa merci :

– Je suis à demi convaincu que vous êtes réels, finit-il par affirmer.

Carthoris éclata de rire :

– Mais bien sûr, que je suis réel ; qu'est-ce qui vous ferait douter, ne pouvez-vous me voir, avoir conscience de mon existence ?

– Si, mais exactement de la même manière que je vois et que j'ai conscience des archers, rétorqua Jav et pourtant vous savez parfaitement qu'eux, du moins, ne sont pas du tout réels.

Carthoris, à son expression montrait son embarras chaque fois qu'il était fait allusion à ces mystérieux archers : les soldats évanescents de Lothar.

– Alors, que peuvent-ils bien être, finalement ? demanda-t-il.

– Vous ne le savez vraiment pas ? questionna Jav.

***

Carthoris secoua la tête négativement.

– Alors je vais presque vous croire et penser que vous venez réellement d'une autre partie de Barsoom, et même d'un autre monde. Mais dites-moi, dans votre pays n'y a-t-il véritablement pas d'archers pour répandre la terreur dans les cœurs des Hommes-Verts, quand ils se mettent à massacrer autour d'eux, en compagnie des féroces banths ?

– Nous avons des soldats, répondit Carthoris. Ainsi nous-mêmes, Hommes-Rouges, sommes tous des soldats, mais nous n'avons aucun archer tel que les vôtres pour nous défendre ; nous assurons notre propre défense.

– Alors vous vous battez personnellement et risquez d'être tués par vos ennemis ? s'écria Jav incrédule.

– Mais certainement ! répondit Carthoris. Comment font donc les Lothariens dans ces circonstances ?

– Vous l'avez vu : nous envoyons nos immortels archers ; “ immortels ” parce qu'ils ne sont pas vivants et qu'ils n'existent que dans l'imagination de nos ennemis. Ce sont en réalité nos vastes esprits qui assurent notre propre défense, envoyant des légions de guerriers imaginaires se matérialiser devant les yeux de nos ennemis.

Ils les voient, ils voient leurs flèches acérées voler vers eux avec une précision implacable et se diriger tout droit vers leurs cœurs. Et ils tombent raides morts, tués par le seul pouvoir de suggestion.

– Mais les archers qui sont tués ? s'exclama Carthoris, vous dites qu'ils sont immortels et pourtant j'ai vu leurs corps empilés en énormes tas sur le champ de bataille. Comment cela est-il possible ?

– C'est une comédie destinée à donner plus de véracité à la scène, répliqua Jav. Nous montrons nombre de nos défenseurs comme étant tués, de manière à ce que les Torquasiens les voient semblables à eux, faits de chair et de sang, autrement dit des adversaires en tout point pareil à ceux qui leur sont opposés.

– Si la vérité venait à être connue d'eux, elle imprégnerait leurs esprits et c'est du moins la théorie de quelques-uns d'entre nous, ils ne seraient plus sous la suggestion selon laquelle les flèches sont mortelles car une autre l'emporterait, plus puissante : celle de la vérité selon laquelle les flèches ne font aucun mal puisque purement imaginaires. C'est une loi.

– Et les banths ? questionna Carthoris, sont-ils également des objets de pure suggestion ?

– Certains d'entre eux sont réels, répondit Jav. Ceux qui accompagnent les archers à la poursuite des Torquasiens sont irréels et ils ne reviennent jamais, tout comme les archers. Ils assurent leur rôle pour disparaître ensuite avec les archers eux-mêmes quand la déroute de l'ennemi est assurée.

Ceux qui restent sur le terrain sont réels ; ils ont pour mission de dévorer les cadavres des Torquasiens tués ou morts par persuasion. Cela est demandé par les « réalistes » parmi nous. Je suis un de ces « réalistes » tandis que Tario, lui est un « éthéraliste ».

Les « éthéralistes » assurent que rien n'est matériel et que tout est esprit. Ils vont même jusqu'à soutenir que personne d'entre nous n'existe vraiment, excepté dans l'imagination de son compagnon, n'étant rien d'autre qu'une abstraction mentale, intangible et invisible.

Selon l'opinion de Tario, il suffirait que nous nous unissions tous pour imaginer qu'il n'y a pas de Torquasiens morts sous nos murs et il n'y en aurait pas ; donc inutilité de dépêcher des banths pour en faire la curée.

– Et vous ? Vous ne partagez pas les opinions de Tario ? demanda Carthoris.

– En partie seulement, répliqua ce dernier. Ce que je crois en fait, c'est qu'il existe réellement des créatures du genre des éthéraux. Tario en est une, j'en suis persuadé. Il n'a aucune existence réelle, sauf dans l'imagination de son peuple !

Évidemment, c'est la grande dispute entre nous les réalistes, de savoir que les éthéralistes ne sont que des inventions de l'imagination. Ces derniers prétendent qu'il n'y a pas besoin de nourriture pour subsister ; mais n'importe qui doué d'une intelligence même rudimentaire peut réaliser que le fait de s'alimenter est une nécessité pour toute créature qui a une existence réelle.

– Pour sûr, ajouta ironiquement Carthoris, n'ayant

pas mangé du tout aujourd'hui, je ne peux qu'être absolument d'accord avec vous !

– Ah ! excusez-moi, s'exclama Jav. Je vous en prie, asseyez-vous et satisfaites votre faim ! Et, avec un mouvement arrondi de la main, il désigna une table abondamment garnie, laquelle n'était pas là un instant auparavant, alors même qu'il parlait. Carthoris en était absolument certain car il avait inspecté la pièce soigneusement du regard à plusieurs reprises.

***

– Fort heureusement, vous n'êtes pas tombé entre les mains d'un éthéraliste, car en fait vous seriez reparti complètement affamé.

– Mais, s'exclama Carthoris, ce n'est pas de la nourriture réelle puisqu'elle n'était pas là il y a un instant et la véritable nourriture ne se matérialise pas ainsi dans l'air, à partir de rien.

Jav eut l'air choqué.

– Il n'y a ni nourriture ni eau à Lothar, ce depuis des temps immémoriaux, et c'est avec ce que vous avez devant vous actuellement que nous avons subsisté depuis l'aube de l'histoire. Cela doit donc vous rassasier.

– Mais je vous croyais un “ réaliste ”, s'exclama Carthoris.

– Bien sûr, que j'en suis un ! Qu'y a-t-il de plus réaliste que ce plantureux festin ? C'est précisément en cela que nous nous écartons des éthéralistes. Ils assurent qu'il est inutile d'imaginer une telle subsistance ainsi que toute forme de nourriture, quelle qu'elle soit ; mais nous avons constaté que pour nous maintenir en vie il fallait s'asseoir trois fois par jour devant des mets appétissants.

Les plats que nous consommons sont supposés subir des transformations chimiques pendant le processus de digestion et d'assimilation et cela dans le but de reconstituer les tissus vivants perdus.

Certes, nous savons maintenant que tout est esprit, différant dans les diverses manifestations du mental et Tario affirme que la substance matérielle n'a pas de réalité, la matière venant finalement des éléments spirituels de notre cerveau. Mais, nous autres réalistes, nous savons davantage et bien mieux. Oui ! nous savons que l'esprit a le pouvoir de conserver la matière substantielle même s'il est incapable de la faire apparaître, ce qui reste d'ailleurs une question en suspens. De sorte que nous sommes sûrs d'une chose : pour conserver nos corps matériels, il nous faut maintenir tous nos organes en bon fonctionnement.

Nous le réalisons pratiquement en matérialisant par le jeu de l'esprit, des pensées concrètes portant sur de la nourriture et en participant aux agapes qu'elle nous permet de faire : nous mâchons, avalons et digérons, absorbant une nourriture matérielle. Quel en est le résultat ? Quel doit être ce résultat ? Les échanges chimiques ont bel et bien lieu sous l'action de la suggestion pure, directe ou indirecte nous vivons et nous reproduisons ainsi.

***

Carthoris regarda la nourriture qu'il avait devant lui, elle semblait réelle. Il en porta un morceau à sa bouche, c'était bien matériel, parfaitement concret, ainsi que le goût. Même son palais se trouvait dupé.

Pendant qu'il mangeait ainsi, Jav le regardait en souriant.

– N'est-ce pas totalement satisfaisant ? demanda-t-il.

– Je dois reconnaître que c'est parfait, répondit Carthoris. Mais dites-moi, dans ces conditions comment vit Tario, et les autres éthéralistes qui soutiennent que la nourriture est inutile ?

Jav se gratta la tête.

– C'est là une question sur laquelle nous discutons très souvent. D'ailleurs, grâce à elle, nous appuyons notre certitude de la non-existence des éthéralistes, mais personne ne la connaît mieux que Komal.

– Qui donc est ce Komal ? demanda Carthoris, j'ai déjà entendu son nom prononcé par votre jeddak.

Jav se pencha très bas vers l'oreille de l'Héliumite, tout en observant peureusement les alentours avant de parler.

– Komal est l'essence même : « celui » ou « ce quoi » se trouvant à l'origine de toute chose, murmura-t-il. Même les éthéralistes admettent que l'esprit doit s'appuyer sur la matière pour pouvoir la transmettre à ceux qui imaginent l'apparence de la substance matérielle. Car s'il n'y avait pas cette matière rien ne pourrait être suggéré qui ait l'apparence matérielle. En fait, rien n'aurait jamais pu l'être, jamais. Est-ce que vous me suivez ?

– Je tâtonne, répondit Carthoris sèchement.

– Donc l'essence doit être substance, continua Jav. Komal est l'essence de tout, quoi que ce soit. Il est maintenu dans son existence par la matière : il mange, il absorbe du réel. Pour être explicite, il ingurgite ce qui est réaliste ; c'est là le travail de Tario.

Il certifie que dans la mesure où nous affirmons être

seuls réels, il nous faut rester logiques avec nous-mêmes et nous constituons donc l'unique alimentation possible pour Komal. Quelquefois comme aujourd'hui, nous trouvons une autre nourriture pour lui : il aime beaucoup la chair des Torquasiens !

– Et Komal est-il humain ?

– Je vous répète que Komal est tout ; je ne sais quels mots pourraient le décrire, dans le langage humain, de manière à ce que vous compreniez. Il est le commencement et la fin. Toute vie émane de lui, puisque la subtance qui alimente le cerveau avec ses images, est irradiée par le corps de Komal. Si Komal venait à cesser de s'alimenter, toute vie sur Barsoom cesserait aussitôt. Il ne peut mourir, mais s'il interrompait sa prise de nourriture, il ne rayonnerait plus.

– Et il se nourrit au détriment d'hommes et de femmes de votre sorte ? s'écria Carthoris.

***

– Des femmes ? s'exclama Jav, mais il n'y a pas de femmes à Lothar. Les dernières femelles lothariennes ont péri il y a un temps fort reculé, lors de ce cruel et terrible voyage à travers les plaines fangeuses qui bordaient les mers à moitié asséchées, quand les hordes Vertes fustigeaient notre peuple à travers toute la planète, nous contraignant à dissimuler nos rescapés dans cette cachette : l'imprenable forteresse de Lothar.

Sur les innombrables millions d'individus que comptait notre race, vingt mille hommes à peine parvinrent à atteindre Lothar. Parmi eux, ni femmes ni enfants, tous ayant péri en chemin.

Le temps s'écoulant, les survivants également moururent et la race parvint presque à son extinction complète. Mais arriva la Grande Révélation : l'Esprit est tout. Beaucoup disparurent avant que nous ayons eu le temps de perfectionner nos pouvoirs ; finalement, nous parvînmes à défier la mort quand il devint évident à notre mental que la mort n'était qu'un simple état d'esprit.

Puis, vint la création du peuple de l'esprit ou plus exactement, la matérialisation des imaginaires. Nous avons utilisé cette conception pour la première fois quand les Torquasiens trouvèrent notre retraite. Fort heureusement, il leur fallut encore des ères entières avant de découvrir la petite entrée de la vallée de Lothar.

Ce jour-là, nous lançâmes contre eux les premiers archers. Notre intention initiale étant de les effrayer par le nombre immense de soldats accumulés sur les fortifications. Tout Lothar étincelait des arcs et des flèches de nos hôtes éthérés.

Malheureusement, les Torquasiens ne furent nullement effrayés. Primitifs, un cran encore au-dessous des bêtes, ils ne connaissaient pas la peur. Ils se précipitèrent contre les murailles et grimpant sur les épaules les uns des autres, ils édifièrent une pyramide humaine qui se rapprochait dangereusement du sommet des murs, sur le point de nous submerger et l'emporter sur nous.

Nous archers n'avaient pas fait mine de tirer une seule flèche, nous contentant de les faire aller et venir sur le chemin de ronde, en poussant des cris de menace envers l'ennemi.

*
* *

C'est alors que je pensais tenter cette Grande Chose. Je concentrai tous mes puissants moyens intellectuels sur ces archers, de ma propre création, je dois préciser, et chacun d'entre nous s'identifia à un archer selon sa mentalité propre et son imagination spécifique.

Je les obligeai à fixer leurs flèches sur les arcs et pour la première fois je les fis viser le cœur de nos adversaires veillant à ce que les hommes Verts fixent leur attention sur ce point particulier, puis qu'il suivent le vol des flèches ; enfin, je fis en sorte qu'il soient persuadés avoir le cœur transpercé.

C'était exactement ce qu'il convenait de faire. Nos assaillants avaient atteint le haut des fortifications par centaines ; quand mes compagnons virent ce que j'avais fait, ils suivirent promptement mon exemple mais les hordes de Torquas avaient battu en retraite au-delà de la portée des flèches menaçantes.

Nous aurions pu aisément les tuer de n'importe quelle distance, mais une des règles intangibles de guerre que nous avons pu observer dès l'origine, fut celle de la vraisemblance. Nous ne fîmes rien, ou plus exactement, nous avons inculqué à nos archers de ne rien faire qui soit invraisemblable aux yeux de nos ennemis et au-delà de leur compréhension. S'il en était autrement, ils auraient pu subodorer la vérité et alors c'en était fini de nous.

Les Torquasiens s'étant retirés hors de portée des arcs et des flèches, se retournèrent contre nous avec leurs terribles fusils à radium, nous mitraillant sans arrêt, ils nous confinèrent misérablement à l'intérieur de notre ville.

C'est alors que j'imaginai le subterfuge de faire sortir nos archers par la grande porte. Vous avez pu constater aujourd'hui comment ils opèrent. Depuis des âges nos ennemis n'arrêtent pas de nous harceler à intervalles réguliers, mais toujours avec le même résultat !

– Tout cela est le fruit de votre imagination et votre propre œuvre intellectuelle, Jav ? demanda Carthoris. J'imagine que vous devez avoir une position très élevée dans les Conseils de votre peuple ?

– En effet ! admit Jav en se rengorgeant, je viens aussitôt après Tario.

– Mais alors, pourquoi rampez-vous en approchant son trône ?

– Tario l'exige ; il est jaloux de moi. Il attend même le plus petit prétexte pour me donner en pâture à Komal. En vérité, il craint même que je n'usurpe un jour sa fonction et que je parvienne à l'évincer.

Carthoris écoutait quand, soudain, il bondit sur ses pieds.

– Jav ! s'exclama-t-il, je suis une bête ! Je viens de manger ici comme un glouton, alors que la princesse de Ptarth n'a sans doute encore rien absorbé.

Le Lotharien secoua la tête.

– Tario ne le permettrait pas, assura-t-il. Sans doute envisage-t-il d'en faire une éthéraliste.

– Mais il me faut la rejoindre à tout prix, insista Carthoris. Vous m'avez dit qu'il n'y avait pas de femmes à Lothar. Elle est exclusivement au milieu d'hommes ; il me faut être à ses côtés pour la défendre si la nécessité s'en faisait sentir.

– Mais ce sera certainement l'idée de Tario. Il vous a

renvoyé et vous ne devez pas retourner auprès de lui avant qu'il ne vous aie convoqué une nouvelle fois.

– Alors j'irai sans avoir été convoqué.

– N'oubliez pas les archers, le prévint Jav.

– Je ne les oublie pas, rétorqua Carthoris. Mais il se garda de lui dire que le souvenir d'un fait précis tombé par mégarde de sa bouche lui était resté. Il risquait de n'être qu'une pure hypothèse, pourtant il méritait qu'on s'y attache, si jamais la nécessité s'en faisait sentir.

Carthoris se précipa pour quitter la pièce. Jav fit un pas en avant pour lui couper la route.

– J'ai appris à vous aimer Homme-Rouge, dit-il, mais n'oubliez pas que Tario est toujours mon jeddak et qu'il vous a ordonné de rester ici.

Carthoris allait répliquer à cette injonction quand un cri de femme leur parvint faiblement aux oreilles, elle appelait à l'aide !

D'un revers du bras, le prince d'Hélium écarta le Lotharien de son passage et il s'élança dans le corridor attenant, l'épée au poing brandie bien haut.

CHAPITRE VIII

Le hall du jugement dernier

Une vague de terreur envahit Thuvia de Ptarth quand elle vit Carthoris quitter la compagnie de Tario et la laisser seule, au pouvoir de cet homme.

Un air de mystère enveloppait la pièce superbement agencée. Son ameublement et ses éléments de décoration dénotaient richesse et culture. Cette salle était conçue pour l'apparat dû à toute fonction royale.

Il n'y avait personne d'autre dans la pièce, ni dans l'antichambre, ni même dans le couloir d'accès, qu'elle-même faisant face à Tario le jeddak, qui la contemplait à travers les somptueuses étoffes tissées de sa couche royale.

Un bon moment après le départ de Jav et de Carthoris l'homme continuait à l'observer longuement, les yeux mi-clos et en silence. Puis, il parla.

– Approche, dit-il et comme elle obtempérait il ajouta : quelle sorte de créature es-tu ; qui donc aurait eu l'audace de matérialiser l'objet de ses rêves sous une telle forme de femelle ? C'est contraire aux coutumes et aux édits royaux de Lothar. Dis-moi, femme, de qui es-tu la créature ? De quel cerveau proviens-tu ? Est-ce de celui de Jav ? Ne le nie pas ! je le sais parfaitement : ce ne peut être quelqu'un d'autre que ce réaliste envieux. Il essaie de me tenter ; il voudrait me voir tomber sous les sortilèges de tes charmes ; auquel cas, moi ton maître, je scellerais ma destinée... et ma perte ! Je vois parfaitement où il veut en venir ! Je comprends tout !

Le rouge de l'indignation et de la fureur était monté au visage de Thuvia ; elle avait le menton dressé agressivement et un rictus de mépris déformait ses lèvres parfaites.

– Je ne sais rien des balivernes que nous débitez là ! Tout ce que je sais c'est que je suis Thuvia, princesse de Ptarth et je ne suis « la créature » de quiconque. Je n'avais jamais posé les yeux sur celui que vous appelez Jav, et ce jusqu'à aujourd'hui même ; ni d'ailleurs sur cette ridicule cité, que la plus grande des nations de Barsoom n'a jamais eu l'audace de concevoir dans ses cauchemars les plus fous. Mes charmes ne sont pas pour vous, ni pour un seul de vos semblables. Ils ne sont ni à vendre ni à échanger, même si le prix offert en était un trône. Quant à me servir d'eux pour acquérir votre pouvoir, plus néfaste que vain... Elle s'interrompit laissant sa phrase en suspens, haussant simplement ses divines épaules avec un petit rire méprisant.

***

Elle avait achevé sa diatribe sur cette vague insinuation. Tario pendant ce temps s'était redressé et se retrouvait assis sur le rebord de sa couche, penché en avant, les yeux non plus mi-clos mais grands ouverts la regardant avec stupéfaction.

Il ne parut pas relever le « lèse-majesté » contenu

dans ces mots et ces façons vraiment peu protocolaires ! Manifestement il y avait un élément plus sensationnel et saisissant dans ce discours.

Il se leva :

– Mais par les défenses de Komal ! murmura-t-il, tu es réelle ! Une femme véritable ! Ce n'est pas un rêve ! Ni une duperie de l'esprit !

Il fit un pas dans sa direction, les bras tendus vers elle.

Viens ! Mais approche donc, femme ! Voilà des temps incalculables que je rêve de cet instant : celui où enfin tu viendrais. Et te voilà ; je ne peux tenir pour vrai le témoignage de mes yeux. Même te sachant réelle, j'ai tendance à croire à moitié que tu n'es qu'une apparence mensongère.

Thuvia recula, pensant que cet homme était fou ; sa main saisit la garde de son poignard. L'homme vit le geste et s'arrêta. Une expression de ruse se dessina dans son regard ; ses yeux redevinrent vagues et rêveurs, se faisant pénétrants pour explorer et agir sur le cerveau de la jeune fille.

Thuvia sentit un changement soudain s'opérer en elle et l'envahir. Quelle en était la cause ? Elle l'ignorait, sinon que l'homme devant elle prenait une nouvelle valeur à ses yeux et à son cœur.

Il n'était plus l'ennemi étrangement mystérieux mais un vieil ami en qui on pouvait accorder toute confiance. Sa main relâcha le manche du poignard. Tario se rapprocha, parlant avec délicatesse, prononçant des paroles amicales. Elle lui répondait d'une voix qui était bien la sienne et pourtant paraissant appartenir à quelqu'un d'autre.

Il était maintenant à sa hauteur, posant la main sur

une de ses épaules. Ses yeux plongeant dans les siens. Elle contemplait son visage ; son air rêveur semblait la pénétrer directement jusqu'à révéler des sentiments dissimulés en elle et ne demandant qu'à jaillir.

Une expression à la fois effrayée et émerveillée se dessina sur ses lèvres devant cette révélation intérieure de son propre moi subitement mis à nu devant sa conscience. Mais voyons ! elle avait toujours connu Tario et il était bien plus qu'un ami pour elle ! Elle se rapprocha encore un peu plus de lui. Un jaillissement de lumière vint soudain l'illuminer et lui révéla la vérité : elle aimait Tario, jeddak de Lothar ! Elle l'avait toujours aimé !

L'homme constatant le plein succès de sa manœuvre ne put réprimer un léger sourire de satisfaction. Quelque chose de plus vint-il s'afficher furtivement sur son visage ou simplement une influence suggestive de Carthoris, venue d'une pièce lointaine ? Qui peut le dire.

Toujours est-il que quelque chose se déchira en elle et que l'étrange pouvoir hypnotique auquel elle se trouvait soumise se dissipa soudain. Elle se trouva affranchie du pouvoir de l'homme.

***

Ce fut comme si un masque placé devant ses yeux s'était évanoui et Thuvia revit Tario tel qu'il était pour elle et comme elle l'avait toujours vu jusqu'alors. Habituée aux étranges pouvoirs télépathiques d'esprits supérieurement développés dans ce sens – chose commune à Barsoom – elle comprit en un éclair bien des choses et à quel point un grave danger la menaçait.

Elle fit un prompt mouvement de retrait, s'arrachant

à cette préhension ; mais la prise avait précisément excité en Tario toute la passion depuis si longtemps enfouie par une longue existence sans amour.

Il se jeta sur elle dans un cri assourdi, lui passant son bras autour du cou et essayant d'unir ses lèvres aux siennes.

– Femme ! s'écria-t-il. Femme adorable, Tario voudrait te faire reine de Lothar. Écoute-moi ! Écoute l'amour du dernier des jeddaks de Barsoom !

Thuvia se débattit pour se libérer de cette étreinte.

– Arrêtez, âme damnée ! s'écria-t-elle, arrêtez ! je ne vous aime pas, arrêtez ou j'appelle au secours !

Tario lui rit au visage.

– Crier au secours, fit-il en l'imitant moqueusement, et qui donc dans tous les locaux de Lothar s'aviserait à répondre à cet appel ? Qui oserait affronter la présence de Tario s'il n'est pas convoqué ?

– Il y a une personne qui le fera, répondit-elle, il vous chassera de votre propre trône s'il estime que vous avez fait affront à Thuvia de Ptarth.

– Et qui donc ? Jav ? demanda Tario ironiquement.

– Oh non ! pas Jav, ni aucune de ces poules mouillées de Lothariens, mais un homme véritable et un vrai guerrier : je veux dire le courageux Carthoris d'Hélium !

L'homme se remit à rire.

– Tu oublies les archers, lui rappela-t-il, qu'est-ce que ton guerrier Rouge pourrait bien faire contre mes légions de preux chevaliers sans peur ?

Il l'attrapa à nouveau avec rudesse, l'entraînant vers sa couche :

– Si tu ne veux pas être ma reine, tu seras mon esclave.

– Ni l'une, ni l'autre !

Tout en prononçant ces mots sa main droite frappa. Tario la lâchant, tituba vers l'arrière, portant et pressant ses deux mains sur le côté. Au même moment, la pièce se trouva remplie d'archers et le jeddak de Lothar s'écroula, inanimé, sur le sol de marbre.

***

Au moment où il s'abattit sans conscience, les archers étaient sur le point de lâcher leurs flèches en plein cœur de Thuvia. Elle poussa inconsciemment un cri, appelant au secours, sans espoir car elle savait que Carthoris ne pouvait rien pour elle par manque de temps.

Elle ferma alors les yeux, attendant la fin. Cependant, aucune flèche ne vint transpercer son sein ! Elle les ouvrit de nouveau pour voir ce qui pouvait bien retenir la main de ses bourreaux.

La pièce était vide. Il ne restait qu'elle et la forme toujours inanimée du jeddak de Lothar, écroulée à ses pieds, une petite flaque de sang répandue à côté sur le marbre du sol. Tario était toujours inconscient ou mort.

Thuvia fut stupéfaite. Où donc étaient les archers ? Pourquoi n'avaient-ils pas lâché leurs flèches ? Que signifiait tout cela ?

Un instant avant la pièce était mystérieusement remplie d'hommes armés, manifestement appelés pour protéger leur jeddak. Voilà qu'ils avaient tout aussi mystérieusement disparu, la laissant seule avec le corps de leur maître, sa longue lame acérée à ses côtés.

La fille examina avec crainte les signes d'un retour

toujours possible des archers mais aussi, le moyen de leur échapper.

Le mur derrière le dais était percé de deux ouvertures assez étroites, dissimulées par d'épaisses tentures. Thuvia courut rapidement vers l'une d'elle. Elle entendit derrière elle le cliquetis métallique d'un guerrier à l'extrémité de l'appartement.

Ah ! si elle avait disposé d'un instant de plus, elle aurait pu atteindre cette issue, une chance pour elle de s'échapper par une voie détournée. Mais trop tard ! elle était découverte.

Avec un sentiment de découragement, très proche de l'apathie la plus complète, elle retourna pour aller au-devant de sa destinée. C'est alors que devant elle, courant sans bruit sur toute la longueur de la pièce afin de la rejoindre, elle vit Carthoris, l'épée scintillante à la main.

***

Tous ces jours durant, elle avait douté de la sincérité des intentions affichées par l'Héliumite et même soupçonné être l'instigateur ou le complice de son enlèvement. Depuis que le destin les avait plongés l'un et l'autre dans cette aventure, elle ne l'avait guère abreuvé de paroles, se contentant de réponses polies à ses remarques, tout au moins jusqu'à l'étrange et surnaturel épisode lotharien qui l'avait surprise au point de la faire sortir de sa réserve.

Elle ne doutait pas que Carthoris d'Hélium ne combatte pour elle mais était-ce pour la sauver, ou bien au profit d'un tiers ? Elle l'ignorait.

Il la savait promise à Kulan Tith, jeddak de Kaol,

mais s'il avait participé à son enlèvement, son comportement ne pouvait être guidé par la loyauté envers son ami, ou ne concerner que son honneur à elle.

Pourtant, le voyant traverser aussi prestement la grande salle d'audience du jeddak Tario, le regard rempli d'appréhension pour sa sécurité, ce beau visage personnifiait tout ce qu'il y avait de plus délicat chez les combattants de Mars la Guerrière : elle ne pouvait imaginer la moindre perfidie derrière tant de gloire apparente.

De toute sa vie, songeait-elle en le voyant, jamais la venue d'un homme n'avait été aussi opportune et bienvenue. Elle eut du mal à se retenir d'aller au-devant de lui en courant, mais elle savait également qu'il l'aimait ; elle était promise à Kulan Tith. Aussi, ne pouvait-elle lui faire trop de démonstrations de gratitude sous peine de donner lieu à de fausses interprétations.

Carthoris était parvenu à ses côtés. Son coup d'œil rapide avait saisi instantanément la scène qui se déroulait dans la salle : la silhouette du jeddak étendu sur le sol, la fille se hâtant vers une sortie dérobée.

– Vous a-t-il blessée, Thuvia ? demanda-t-il.

Elle brandit la lame du poignard toute maculée de sang frais pour la lui montrer.

– Non ! Il ne m'a pas touchée !

Un sinistre sourire éclaira le visage de Carthoris.

– Grâce soit rendue à notre premier ancêtre ! murmura-t-il. Essayons maintenant de trouver un passage dans cette maudite cité pour nous sauver, avant que les lothariens ne découvrent que leur jeddak n'est plus.

Avec toute l'autorité de celui dans les veines duquel coule le sang de John Carter de Virginie et de Dejah Thoris d'Hélium, il lui prit le poignet. Tournant le dos à la grande salle, il se dirigea rapidement vers la porte monumentale par laquelle Jav l'avait introduit en présence du jeddak, le matin même.

***

Ils avaient presque atteint son seuil quand quelqu'un se précipita dans l'appartement, empruntant une autre issue.

C'était Jav. Lui également, prit conscience de la situation d'un seul coup d'œil.

Carthoris fit face l'épée à la main, son corps puissant et large abritant la frêle jeune fille.

– Arrive ici, Jav de Lothar et battons-nous dès maintenant car un seul d'entre nous quittera cette pièce en compagnie de Thuvia de Ptarth.

Il s'aperçut alors que l'homme n'avait pas d'arme et il lui intima :

– Rappelle tes archers ici et constitue-toi prisonnier jusqu'à ce que j'aie pu franchir les portes extérieures de ta cité fantôme en toute sécurité.

– Vous avez tué Tario ! s'exclama Jav, ignorant le défi qui lui était lancé. Tario est mort ! je vois son sang répandu sur le sol, du sang véritable, une mort réelle. Finalement, Tario était parfaitement concret tout comme je le suis. Pourtant, il se disait éthéraliste : il n'aurait pas dû matérialiser son apparence. Est-il possible que cela soit vrai ? Alors nous aussi nous sommes réels. Et quand je pense que pendant des âges interminables nous nous sommes querellés à ce propos, chacun essayant de démontrer à l'autre qu'il était dans l'erreur !

– Voilà qu'il est mort maintenant ! J'en suis bien

content. Jav va pouvoir aller de l'avant. Oui ! maintenant voilà Jav devenu jeddak de Lothar !

Il n'avait pas terminé de prononcer ces mots, que Tario ouvrit les yeux et s'assit promptement.

– Traître ! Assassin ! éructa-t-il. Il appela en criant : Kadar ! Kadar ! ce qui désigne la garde en barsoomien.

Jav devint pâle comme un linge, tombant à plat ventre, il rampa en direction de Tario.

– Ô, mon jeddak, mon jeddak ! gémit-il : Jav n'a rien à voir avec tout ceci. Jav, votre fidèle Jav vient juste d'entrer dans l'appartement pour vous découvrir allongé sur le sol et ces deux étrangers sur le point de s'enfuir. Comment tout cela a-t-il pu arriver ? je n'en sais rien. Croyez-moi, très glorieux jeddak.

– Assez ! coquin ! cria Tario. J'ai parfaitement entendu tes propres mots : « Le voilà mort maintenant ! J'en suis fort aise, Jav va pouvoir aller de l'avant pour son propre compte : Jav sera le jeddak de Lothar. »

– Enfin, traître, je t'ai démasqué : tes mots t'ont condamné aussi sûrement que l'acte commis par ces créatures Rouges ont scellé leur sort... à moins... il s'arrêta un instant, songeur, à moins que la femme...

***

Mais il n'alla pas plus loin, Carthoris devinant ce qu'il allait dire. Avant même qu'il ait prononcé ces mots, il bondit et assena un violent coup du revers de sa main largement ouverte sur la bouche de l'homme.

Tario bouillonna de rage, mortifié.

– Et si vous vous attaquez encore à la princesse de Ptarth, le prévint l'Héliumite, j'oublierai que vous n'avez pas d'épée et je ne pourrai pas contrôler mon poignet qui me démange fortement.

Tario bondit alors vers une des deux petites portes situées derrière le dais. Il essayait de parler mais avait le visage tellement révulsé qu'il ne put prononcer un seul mot, de plusieurs minutes. Il finit quand même par crier intelligiblement.

– Mourez ! Oui, mourez ! et il se retourna vers l'issue s'ouvrant derrière lui.

Jav bondit vers lui, hurlant de terreur.

– Pitié, Tario ! faîtes-nous grâce. Souvenez-vous des âges immenses durant lesquels je vous ai fidèlement servi. Rappelez-vous tout ce que j'ai fait pour le bien de Lothar : ne me condamnez pas à une mort hideuse ; sauvez-moi, sauvez-moi !

Mais Tario s'en moquait, riant il continua son chemin vers les tentures du petit corridor.

Jav se retourna vers Carthoris.

– Arrêtez-le, arrêtez-le ! Si vous aimez la vie, ne le laissez pas sortir de cette pièce ; tout en prononçant ces mots, il se mit à la poursuite du jeddak.

Effectivement Carthoris le suivit, mais « le dernier jeddak de Barsoom » était trop rapide. Le temps pour eux, d'atteindre la tapisserie qu'il avait franchie, ils ne trouvèrent qu'une paroi de pierres bloquant toute possibilité d'aller plus loin.

***

Jav s'effondra sur place, en proie à une terreur folle.

– Mais venez donc ! s'écria Carthoris. Nous ne sommes pas morts : hâtons-nous vers les avenues et, essayons de quitter la ville. Nous sommes encore vivants et nous pouvons parfaitement rester maîtres de notre destinée. A quoi sert-il donc de rester ainsi prostré sur le plancher ? Venez, soyez un homme !

Mais Jav secoua la tête.

– Ne l'avez-vous pas entendu appeler les gardes ? gémit-il. Ah ! que ne l'avons-nous intercepté ! Alors, il y avait encore un espoir, mais il a été trop rapide pour nous !

– Oui, oui ! s'exclama impatiemment Carthoris, il sera bien temps de se lamenter après leur venue... pour l'instant, je ne vois aucun signe laissant penser qu'ils s'empressent d'obéir à l'injonction de leur jeddak.

Jav secoua la tête tristement.

– Vous ne comprenez pas, dit-il, les gardes sont déjà venus... et repartis. Ils ont fait leur travail, et nous sommes perdus. Regardez un peu toutes les issues.

Carthoris et Thuvia tournèrent leur regard dans la direction des diverses ouvertures de la grande salle : toutes étaient obturées par d'énormes pierres.

– Et bien ? demanda Carthoris.

– Il ne nous reste plus qu'à attendre la mort, murmura faiblement Jav.

Il n'en dit pas davantage, alla s'asseoir sur le rebord du lit du jeddak, et attendit.

Carthoris se rendit au côté de Thuvia et, restant là l'épée au point, il scrutait sans arrêt de ses yeux attentifs les moindres recoins de la pièce, de manière à ce qu'aucun ennemi ne bondisse subitement de l'invisible.

***

Ce qui parut des heures s'écoula sans qu'aucun son ne vienne rompre le silence de tombe dans lequel ils se trouvaient plongés.

Aucun signe ne pouvaient laisser prévoir de quelle

manière leurs bourreaux s'y prendraient pour les plonger dans la mort. L'attente était horrifiante. Même Carthoris d'Hélium commença à ressentir une terrible tension nerveuse. S'il avait pu savoir le « quand » et le « comment » de la mort prévue par ses tortionnaires, il l'aurait affrontée sans aucune frayeur ; mais souffrir davantage la contrainte de l'attente et l'ignorance aveugle des plans de leurs assassins, voilà qui l'affectait gravement.

Thuvia vint se blottir contre lui ; elle se sentait rassurée par ce bras passé autour d'elle et à ce contact physique, l'homme ressentit une émotion qui le bouleversa profondément.

Il se retourna vers elle avec son sourire d'antan :

– Apparemment, ils tentent de jouer avec nos nerfs, ils veulent nous faire mourir de peur, dit-il en riant. Le fait est, à ma grande honte je dois l'avouer, qu'ils ne sont pas loin de parvenir à leurs fins.

Elle s'apprêtait à lui faire une réponse quand un hurlement effrayant sortit des lèvres du Lotharien.

– La fin approche ! criait-il, la fin approche ! Le sol, le sol ! Oh, Komal ait pitié !

Thuvia et Carthoris n'eurent pas besoin d'examiner le plancher pour prendre conscience de l'étrange mouvement des dalles de marbre qui s'incurvaient et plongeaient vers le centre, formant une sorte de puits. Au début le mouvement était imperceptible, mais l'angle allait en s'accentuant, de sorte qu'il était difficile de rester debout sans plier les genoux.

Jav criait toujours se cramponnant au divan royal qui avait commencé à glisser vers le centre de la pièce. Thuvia et Carthoris y notèrent la brusque apparition d'un petit orifice, s'agrandissant sans cesse, au fur et à mesure que le sol prenait la forme d'un entonnoir.

Il devenait de plus en plus difficile de remonter l'inclinaison démente du sol lisse et glissant. Carthoris tenta de maintenir Thuvia mais lui-même commençait à s'incliner et glisser vers l'ouverture centrale qui ne cessait de s'agrandir.

Afin de mieux adhérer à la pierre, il arracha ses sandales en cuir de zitidar essayant de coller du plus près possible au sol fuyant qui s'inclinait progressivement à la verticale ; en même temps il jeta ses bras autour de la jeune fille pour tenter de l'empêcher de glisser et la protéger.

***

Dans son effroi, ses mains vinrent frapper le cou du garçon ; sa joue étant proche de la sienne. Une mort horrible leur paraissait imminente et l'anonymat dans lequel ils allaient trépasser la rendait encore bien pire et infiniment plus terrifiante.

– Courage ma princesse, lui murmura-t-il.

Elle le regarda et vit un sourire se dessiner sur ses lèvres dominant les siennes, ainsi que ses yeux remplis de détermination et de courage, imperméables à la terreur, la dévorant du regard, et plongeant dans les siens.

Puis le sol s'affaissa et s'inclina plus rapidement. Il y eut une ruée en forme de glissade les précipitant vers l'ouverture centrale.

Les cris de Jav devinrent horribles, étranges à entendre. Tous trois se trouvèrent renversés sur le divan de Tario, coincé entre l'embouchure et la base du goulet de cette sorte d'entonnoir.

Ils respirèrent plus librement un moment durant, mais s'aperçurent bien vite que l'ouverture continuait à s'élargir, libérant le divan, qui reprit sa glissade vers le bas.

Jav se remit à crier. Ce mouvement de descente irrépressible donnait la nausée et ils finirent par chuter directement dans l'obscurité totale, vers une mort inconnue.

CHAPITRE IX

La bataille dans la plaine

La hauteur séparant le fond de l'entonnoir au sol de la pièce située en dessous ne pouvait être trop élevée car les trois victimes de la colère de Tario tombèrent sans se faire mal.

Carthoris amortit le choc pour la fille, la tenant toujours étroitement serrée contre sa poitrine. Il prit contact avec le sol comme un chat : debout sur ses jambes. A peine était-il par terre sur les pierres rugueuses, que son épée flamboyait à nouveau au bout de son bras, prête à être utilisée. Mais la pièce éclairée, était vide.

Carthoris regarda en direction de Jav : l'homme était blême de peur.

– Quel sort nous attend ? demanda l'Héliumite, dis-le moi sans ambages ; secoue un peu ta peur de me le faire connaître, de manière à me préparer à vendre chèrement ma peau, ainsi que celle de la princesse de Ptarth.

– Komal ! articula faiblement Jav. Nous sommes condamnés à être dévorés par Komal !

– Votre divinité ?

Le Lotharien ne put que secouer la tête affirmativement en désignant du doigt une porte basse à l'une des extrémités de la chambre.

– Il va venir de là ; laisse donc tranquille cette dérisoire épée, imbécile ! Elle ne ferait qu'enrager davantage la créature et notre souffrance serait encore pire.

Carthoris sourit et serra son épée encore plus fermement.

Subitement Jav poussa un hurlement horrifié en continuant à désigner avec insistance la porte qui s'ouvrait.

***

Le voilà qui arrive !

Carthoris et Thuvia regardèrent dans la direction indiquée, s'attendant à découvrir une hideuse créature de forme humaine ; mais à leur profond étonnement, ils virent sortir la large tête et la crinière en forme de collerette d'un énorme banth, le plus grand qu'ils n'aient jamais vus.

La gigantesque bête pénétra dans la pièce et s'avança avec un air majestueux. Jav s'était aplati sur le sol, frétillant de la même manière servile qu'il avait adoptée envers Tario, se mettant de plus à parler exactement comme s'il s'était adressé à une créature humaine : implorant grâce !

Carthoris vint prestement s'interposer entre Thuvia et le banth, l'épée prête à contester la victoire de la bête sur eux.

Thuvia se tourna vers Jav.

– Est-ce bien ce Komal-là, votre dieu ? demanda-t-elle.

Jav fit oui de la tête. La fille sourit et écartant Carthoris, elle marcha lentement vers le carnivore grondant.

Sans perdre son sang froid, elle s'adressa à lui, comme elle s'était exprimée avec les banths de la Falaise Dorée, ainsi qu'avec les nécrophores, devant les fortifications de Lothar.

L'animal cessa aussitôt ses grognements. La tête basse et avec un ronronnement de chat il vint se coucher aux pieds de la jeune fille.

Thuvia se retourna vers Carthoris :

– Ce n'est qu'un banth, dit-elle, nous n'avons rien à craindre de lui.

Carthoris sourit.

– Je ne le craignais nullement, répliqua-t-il, car j'avais bien vu que ce n'était qu'un banth et j'ai ma longue épée avec moi.

Jav restait assis, contemplant le spectacle qui s'offrait à lui : la frêle jeune fille, d'un mouvement ondulant de la main, caressait la crinière fauve de l'énorme et divine bête, tandis que Komal frottait son museau hideux aux côtés de la jeune fille.

***

– Ainsi, c'est là votre dieu ! s'exclama Thuvia.

Jav regardait médusé. Il se demandait encore avec crainte s'il était bon de risquer d'offenser Komal ou non. Le pouvoir de la superstition est si grand qu'après avoir révéré un imposteur, on hésite encore à admettre la véracité d'une nouvelle conviction.

– Oui ! finit-il par reconnaître, c'est Komal. Des âges durant les ennemis de Tario ont été précipités dans son puits, victimes de ses mâchoires ; Komal devait être nourri.

– Y a-t-il un accès quelconque qui aille de cette pièce aux avenues de la cité ? demanda Carthoris.

Jav haussa les épaules.

– Je n'en sais rien ; je n'avais jamais été ici jusqu'à présent et je ne m'en suis jamais soucié.

– Venez ! suggéra Thuvia, explorons les lieux, il doit y avoir une voie.

Tous trois se dirigèrent vers la porte par laquelle Komal avait fait son entrée dans la pièce qui aurait dû voir leur mort. Une tanière se trouvait effectivement au-delà, avec une toiture basse et une petite porte à l'extrémité.

A leur grand plaisir ils constatèrent que cette dernière s'ouvrait à l'aide d'un simple loquet, pour accéder à une arène circulaire, entourée de rangées de sièges.

– C'est effectivement ici que Komal est nourri en public, expliqua Jav. Si Tario l'avait désiré c'est en cet endroit que votre destinée aurait été scellée ; mais il craignait trop ta lame brillante, Homme-Rouge, aussi nous a-t-il précipités tous trois dans le puits. J'ignorais totalement que les deux lieux se trouvaient si près l'un de l'autre, il nous est facile dorénavant d'atteindre les avenues de la ville et ses portes. Seuls les archers pourraient nous disputer le passage et comme nous connaissons leur secret, cela m'étonnerait fort qu'ils aient la possibilité de nous faire mal.

***

Une autre porte ouvrit sur un escalier, montant au niveau de l'arène en contre-bas, jusqu'au sommet des gradins, vers une issue au fond d'un vestibule. Au-delà s'étendait un large couloir, reliant le palais bordé de jardins.

Nul ne se montra pour les questionner sur leur destination ; le puissant Komal marchait aux côtés de la jeune fille.

– Mais où sont donc les suivants des jeddak ; les gens du palais ? demanda Carthoris. Même dans les rues de la ville que nous avons parcourues, je n'ai vu que peu de monde, alors que tout laisse croire à une importante population.

Jav soupira.

– Pauvre Lothar, dit-il, en vérité, c'est une cité peuplée de fantômes. Nous sommes à peine un millier, là où il y avait naguère des millions d'individus. Notre grande cité n'est plus peuplée que par des êtres purement imaginaires, fruits de notre esprit. Pour nos besoins il nous suffit qu'ils restent ainsi, nous ne prenons pas la peine de les matérialiser, de sorte qu'ils vous sont invisibles, même s'ils sont présents pour nous.

– Quand je regarde, je vois les rues remplies d'une foule de gens qui se hâtent pour se rendre à leur travail ; je vois aux balcons des maisons, femmes et enfants en train de rire... mais il est interdit de les matérialiser. Moi je les vois, ils sont là, présents... mais pourquoi pas ? se mit-il à songer. Après tout je n'ai plus à redouter Tario, créateur du pire. Il a échoué. Pourquoi pas, finalement ?

Dites, amis, continua-t-il, voudriez-vous voir Lothar dans toute sa gloire ?

Carthoris et Thuvia marquèrent leur approbation, beaucoup plus par correction que parce qu'ils avaient saisi pleinement toutes les implications de son marmonnement.

Jav les contempla un instant d'un air pénétrant puis, avec un large geste circulaire du bras, il leur cria :

– Regardez !

Ce qu'ils virent alors suscitait la stupéfaction. Il n'y avait plus de pavés déserts et de gazons écarlates sans une seule âme ; les fenêtres béantes et les seuils sans personne, grouillaient tout à coup d'une multitude de gens heureux, dont la plupart avaient le sourire et riaient même.

– C'est une image du passé, dit alors Jav à voix basse. Ils ne nous voient pas, mais ils vivent l'ancien passé disparu du vieux Lothar, ce Lothar de l'antiquité, mort et tombé en poussière, celui de la cité resplendissante qui se dressait sur les rives de Throxus, le plus vaste des cinq océans.

Regardez ces hommes superbement découplés qui dominent tout le monde, déambulant d'une démarche légèrement chaloupée tout au long de cette large avenue ! Est-ce que vous voyez ces jeunes filles et ces femmes leur faire des œillades et des sourires provoquants ? Voyez-vous les autres hommes reconnaissants, leur manifester leur amitié et leur respect ? Et bien ce sont les bourlingueurs qui viennent de débarquer de leurs navires ayant juste accosté sur les quais, en bordure de la cité.

C'était des hommes pleins de courage... ah ! mais la gloire de Lothar s'est évanouie. Voyez un peu leurs armes : eux seuls en portent, car ils naviguent à travers les cinq mers, et se rendent en d'étranges lieux, parsemés de dangers. Eux disparus, l'esprit martial des Lothariens s'est évanoui lui aussi, ne laissant plus, dans le gouffre des âges venant après eux, qu'une race de couards sans consistance.

Nous avions horreur de la guerre, aussi n'avons-nous pas entraîné nos jeunes dans cette voie belliqueuse.

Nous nous sommes alors trouvés en position d'infériorité aux époques de l'assèchement des mers, quand les hordes Vertes commencèrent à empiéter sur nos territoires, nous ne pûmes rien tenter, que fuir devant eux. Il n'empêche : nous nous rappelons toujours les archers-marins, de nos jours les plus glorieux et c'est leur souvenir que nous assenons à nos ennemis jurés !

***

Quand Jav eut cessé de parler ainsi, le tableau s'estompa et disparut. Tous trois reprirent leur course le long des avenues désertes en direction des portes monumentales.

Ils virent à deux reprises des Lothariens de chair et d'os. Mais, à leur vue et, surtout, à celle de l'énorme banth – aisément identifié comme Komal – ces citoyens tournèrent prestement les talons et s'enfuirent.

– Les voilà qui vont certainement rapporter notre fuite à Tario, s'écria Jav, il ne tardera pas à envoyer ses archers après nous. Souhaitons que notre théorie soit correcte et que leurs flèches resteront sans effet contre des êtres dont l'intellect connaît parfaitement leur caractère imaginaire. S'il n'en est pas ainsi, nous sommes condamnés.

D'ailleurs, il serait bon Homme-Rouge que vous expliquiez ces vérités à la jeune femme, si des flèches venaient à être tirées contre elle, qu'elle sache leur opposer une contre-suggestion d'immunité.

Carthoris suivit le conseil de Jav mais ils parvinrent à la grande porte sans qu'aucune poursuite ne se manifeste.

Une fois arrivés là, Jav se mit en demeure de faire fonctionner le mécanisme de la grande porte en forme de roue. Un moment après, les trois fuyards, toujours acçcompagnés par le banth, mirent le pied dans la plaine s'étendant devant Lothar.

Ils avaient à peine parcouru une centaine de mètres quand le bruit d'une foule criant derrière eux s'éleva. Se retournant, ils virent une compagnie d'archers débouchant sur la plaine, se déverser par la porte qu'ils venaient juste de franchir.

Sur le mur dominant la porte se tenaient un certain nombre de Lothariens, parmi lesquels Jav reconnut Tario. Le jeddak était là à les fixer intensément, manifestement occupé à concentrer sur eux tous les pouvoirs de son esprit entraîné. C'était évident : il faisait un suprême effort mental pour rendre ses créatures imaginaires, mortes depuis longtemps, aussi réelles que possible.

Jav redevint tout pâle et se mit à trembler. Au moment critique il parut nettement perdre le courage de ses convictions. Le grand banth se retourna contre les archers et se mit à grogner. Carthoris s'interposa entre eux et Thuvia, attendant le signal de leur charge, faisant face à ces nouveaux adversaires.

Une inspiration lui vint tout d'un coup.

– Lancez vos propres archers contre ceux de Tario ! cria-t-il à Jav. Voyons si les deux tournures d'esprit arriveront à se combattre.

Cette suggestion parut rendre de l'assurance au Lotharien. Un instant après, tous trois se trouvaient derrière plusieurs rangées de solides gaillards hurlant injures et menaces aux soldats qui faisaient irruption sur le terrain par la grande porte.

Jav se révéla un autre homme au moment où son bataillon s'interposa entre lui et Tario. On aurait presque pu jurer qu'il croyait dur comme fer aux étranges formations issues de son pouvoir hypnotique, à la réalité de créatures de chair et de sang.

Ils chargèrent les archers de Tario en poussant d'affreux cris de bataille. Les flèches armées pleuvaient en tous sens, épaisses et rapides. Les hommes tombaient et le sol était tout rouge du sang versé.

Carthoris et Thuvia éprouvaient bien des difficultés à concilier la réalité de tout cela avec leur connaissance de la vérité absolue. Ils voyaient utan après utan progresser depuis la porte en ordre parfait, et venir renforcer les innombrables forces que Tario avait dépêchées pour arrêter les fuyards.

Les forces de Jav grossissaient parallèlement jusqu'à ce que parmi eux, évoluent en chaloupant une véritable mer de combattants : des guerriers au mauvais caractère. La mort créa partout dans le champ des entassements effrayants.

Jav et Tario semblaient tout avoir oublié en dehors de cette accumulation d'archers en lutte surgissant de partout, emplissant les champs entre la ville et la forêt.

*
* *

Derrière Carthoris et Thuvia, le bois semblait n'apparaître qu'à travers une sorte de brume. Jetant un rapide coup d'œil sur Jav, l'Héliumite dit à la fille :

– Venez ! laissons-les se battre comme des chiffonniers dans cette bataille fictive dans laquelle personne n'a le pouvoir réel de blesser l'autre. Ils sont comme deux discutailleurs qui controversent, se jetant des mots vides à la face l'un de l'autre.

Pendant qu'ils sont ainsi occupés par leur concentration nous devrions utiliser notre énergie pour tenter de retrouver le passage à travers la chaîne de montagnes, afin de regagner la plaine qui s'ouvre au-delà.

Alors qu'il parlait ainsi, Jav se détournant un bref instant de la bataille, les entendit et captant les derniers mots. Il vit la fille accompagner l'Héliumite. Une expression sournoise passa alors dans ses yeux.

La chose tapie en lui, derrière ce même regard était profondément ancrée dans son cœur dès l'instant où il avait jeté un regard sur Thuvia de Ptarth. Il ne s'en était pas rendu compte lui-même, du moins jusqu'à cet instant, où elle risquait de sortir de sa vie.

Il fixa son esprit un seul instant sur l'Héliumite et la jeune fille.

Carthoris vit Thuvia de Ptarth se précipiter vers l'avant, les bras tendus ; il fut surpris d'un tel élan de tendresse envers lui. C'est avec tout son cœur qu'il glissa sa main et mêla ses doigts aux siens. Tous deux se détournèrent de Lothar, complètement oubliée, pour pénétrer dans les bois et se diriger vers les montagnes éloignées.

Comme le Lotharien s'était tourné à nouveau vers eux, Thuvia éprouva la vive surprise d'entendre Carthoris énoncer un nouveau plan.

– Restez ici avec Jav pendant que je vais seul à la recherche de ce passage, à travers les falaises.

Sa stupéfaction et son désappointement furent grands car elle savait très bien qu'il n'y avait aucune raison valable à ce qu'elle ne l'accompagne pas dans ses recherches. Elle aurait été certainement beaucoup plus en sécurité avec lui qu'en restant seule avec le Lotharien.

*
* *

Pendant ce temps Jav les regardait faire d'un sourire hypocrite.

Quand Carthoris eut disparu dans le bois, Thuvia s'assit mélancoliquement sur le gazon écarlate surveillant l'interminable joute entre les archers.

Le long après-midi traîna ses heures vers l'obscurité. Les légions imaginaires chargeaient et faisaient retraite sans arrêt, alternativement. Le soleil était sur le point de tomber quand Tario retira lentement ses troupes vers la ville.

Il était évident qu'il avait prévu une cessation d'hostilités pour la nuit et que Jav était parfaitement d'accord sur ce principe puisqu'il organisa ses forces en corps d'utans qui se rendirent en ordre jusqu'à la lisière du bois où ils se mirent à préparer activement ce qu'il fallait pour camper pendant la nuit, confectionnant la soupe du soir et étendant leurs soieries et fourrures pour dormir à la belle étoile.

Thuvia ne put réprimer un sourire devant le soin extraordinaire que l'imagination de Jav donnait aux manières de ses hommes, fignolant le plus petit détail de vraisemblance humaine, exactement comme s'ils avaient réellement été de chair et d'os !

Des sentinelles furent postées entre le campement et la ville. Les officiers allaient et venaient en faisant cliqueter leur métal, donnant des ordres et vérifiant que tout était bien conforme aux normes.

Thuvia se retourna alors vers Jav.

– Pourquoi être tellement scrupuleux sur les détails, alors que Tario sait parfaitement aussi bien que vous à quoi s'en tenir sur la réalité de toute cette fiction issue de votre seul cerveau ? Pourquoi ne pas permettre à tout cela de se dissoudre simplement dans le néant, d'où il vient, et le faire ressurgir simplement sur demande, pour assurer leur futile service ?

– Vous ne les comprenez pas ! rétorqua Jav. Quand ils sont là matérialisés, ils existent bel et bien, ils sont réels. Je ne fais simplement que les appeler du passé pour venir maintenant dans notre présent et je les dirige pour qu'ils agissent selon mes plans ; mais par la suite, tant que je ne les dissous pas dans le néant, ils sont aussi réels que vous et moi. Leurs officiers les dirigent selon mes suggestions propres ; si vous voulez, je suis leur général en quelque sorte. Quant à l'effet psychologique sur l'adversaire, il est beaucoup plus grand que si je les traitais comme des fantaisies sans consistance.

Et puis, en outre, il y a toujours l'espoir, qui, chez certains d'entre nous est même une croyance solidement ancrée. Un jour viendra où ces projections mentales se matérialiseront véritablement, émergeant dans le réel, elles demeureront, tout au moins en partie, même après avoir renvoyé au néant le reste d'entre elles. Nous aurions trouvé de cette manière, un moyen de perpétuer notre race mourante.

Certains affirment avoir déjà réussi cette matérialisation permanente. A tel point que l'opinion prévaut parmi nous que certains éthéralistes ont infiltré parmi nous quelques-unes de leurs concrétisations permanentes. On affirme même que Tario serait précisément l'une d'elles ; mais pour ma part je ne le crois pas, car il existait déjà à une époque où nous ignorions encore les entières possibilités de la suggestion.

Il y a également la théorie soutenue par quelques autres, selon laquelle personne n'est vraiment réel. Si nous étions vraiment matériels, disent-ils, nous n'aurions pu vivre tous ces âges sans nourriture ni boisson réelles. Et tout en étant un « réaliste », je pencherais assez vers cette opinion-là.

Il paraîtrait même, et cela est basé sur une croyance que nos ancêtres reculés, avant leur extinction, étaient parvenus à développer de tels merveilleux pouvoirs : certains de leurs esprits les plus puissants ayant survécu à la mort de leur corps. Nous serions, en fait, la partie spirituelle de leurs esprits restés vivants, alors que leurs corps ont disparu depuis une éternité.

Il serait possible que cela soit après tout. Néanmoins, même cela étant, je possède tous les attributs d'une existence corporelle : je mange, je dors... il observa un moment d'arrêt, jetant un regard profond sur le fille... et j'aime !

***

Thuvia n'aurait pu se méprendre sur la signification de ces mots et l'expression qui les accompagnait. Elle se détourna de lui avec un petit haussement d'épaules et l'air dégoûté, qui ne pouvaient échapper à l'attention du Lotharien.

Il s'approcha d'elle et lui saisit le bras.

– Et pourquoi pas Jav ? s'écria-t-il. Qui y aurait-il de plus honorable que le second de la race la plus ancienne du monde entier ? Votre Héliumite ? Il est parti ; il vous a abandonnée à votre sort pour se sauver lui-même. Venez ! Soyez à Jav !

Thuvia de Ptarth se leva de toute sa hauteur, les

épaules haussées tournées vers l'homme, le menton dédaigneux relevé, un rictus de mépris aux lèvres.

– Vous mentez ! répliqua-t-elle tranquillement, l'Héliumite ne connaît pas plus la déloyauté qu'il ne connaît la peur ; or il ignore totalement la crainte, tout comme serait un jeune encore non éclos.

– Alors, dans ces conditions où donc est-il ? ironisa le Lotharien. Je vous dis qu'il a fui la vallée et vous a laissée en plan. Jav, lui, sait très bien être un parti des plus honorables. Demain, nous retournerons à Lothar à la tête de mon armée victorieuse et je deviendrai jeddak et vous ma femme. Venez ! Et il essaya de l'attirer contre lui, la serrant contre sa poitrine.

La fille se débattit pour se libérer de cette emprise, frappant l'homme de ses bracelets de métal. Il se dressa contre elle une nouvelle fois... quand tous deux se trouvèrent pétrifiés par un hideux grognement venant en direction des bois obscurs, derrière eux.

CHAPITRE X

Kar Komak, l'archer

Tandis que Carthoris traversait la forêt en direction des lointaines falaises, la main de Thuvia toujours serrée dans la sienne, il s'étonna un peu du long silence que la jeune fille gardait. Mais le contact de sa paume fraîche contre la sienne était tellement agréable qu'il craignit de rompre le charme et de compromettre, s'il lui parlait, la confiance retrouvée.

Pénétrant de plus en plus profondément dans la forêt ombragée, la nuit martienne qui tombait graduellement les enveloppait d'un mystère grandissant. Alors, Carthoris se retourna afin de prendre la parole et discuter, avec elle à ses côtés.

Il leur fallait bientôt arrêter la marche à suivre. Son idée était d'atteindre le passage secret et franchir à nouveau le tunnel accédant à ce monde, mais en sens inverse. Il était pratiquement sûr d'en être très près, mais il voulait obtenir au préalable son assentiment.

Quand ses yeux se posèrent sur elle, il reçut un choc tant son air était étrangement éthéré ; elle paraissait soudainement évanescente, comme si elle se dissolvait dans la brume où certains rêves évoluent. Continuant à l'observer il la vit disparaître complètement du regard, évanouie, dématérialisée.

Il resta un instant confondu ; et puis, la vérité l'aveugla soudainement. C'est Jav qui l'avait contraint à croire que Thuvia l'accompagnait dans le bois, alors qu'en fait, il avait gardé la fille pour lui seul !

Carthoris fut horrifié. Il maudit sa stupidité tout en sachant parfaitement que le pouvoir démoniaque employé par le Lotharien aurait dupé absolument tout le monde.

A peine avait-il réalisé la vérité qu'il reprit en sens inverse le chemin parcouru, regagnant la direction de Lothar. La seule différence était que cette fois, il se déplaçait par bonds géants, ayant hérité de son père cette faculté d'aller très vite sur le tapis glissant des feuilles fanées et de l'herbe grasse.

Lorsque Carthoris fit irruption de la forêt opposée à la grande porte qui avait permis aux fugitifs de quitter la ville, le matin même, Thuvia se trouvait être un but semblable à une brillante lumière flottant sur la plaine qui s'étendait devant la cité de Lothar.

Il ne distingua d'abord aucune indication : il n'y avait absolument personne. La plaine était totalement déserte sans cette myriade d'archers campant en lisière, sous les frondaisons des arbres géants. Plus aucune pyramide de corps torturés qui déparaient la splendide beauté du gazon écarlate. Tout n'était que silence et paix.

L'Héliumite s'arrêta à peine à l'orée de la forêt, regarda attentivement, et finit par apercevoir une forme disloquée étendue dans l'herbe, non loin de lui. Il s'y précipita pour découvrir un homme prostré sur le gazon.

Carthoris tourna la figure vers lui, alors qu'elle était la face contre terre, il reconnut le personnage : c'était Jav, taillé en pièces et lacéré méconnaissable, si ce n'était par le visage.

Le prince se baissa tout contre, pour arriver à distinguer encore une petite étincelle de vie en lui. Ce faisant, il vit effectivement les lèvres bouger dans un souffle, les yeux inondés d'une souffrance indicible vinrent à passer sur lui.

– Le princesse de Ptarth, s'écria Carthoris, où est-elle ? Réponds-moi, veux-tu, ou je termine ce travail de démolition si bien commencé par quelqu'un d'autre.

– C'est Komal ! murmura-t-il. Il m'a sauté dessus ... il m'aurait dévoré si elle ne l'avait empêché ... et puis ils ont gagné le bois ... la fille et le grand banth ... sa main passée dans la crinière.

– Et quelle route ont-ils prise ?

– Celle-ci, reprit Jav faiblement, vers le passage aboutissant aux falaises.

Le prince d'Hélium n'en écouta pas davantage et sautant sur ses pieds agiles, s'élança une nouvelle fois dans la forêt.

***

Il faisait jour quand il atteignit l'ouverture du sombre tunnel ouvrant sur un autre monde, au-delà de cette vallée de fantômes d'un passé immémorial, dominée pas d'étranges pouvoirs hypnotiques, imparables et menaçants.

Il ne rencontra aucun obstacle ni incident, tout au long de ce très long passage plongé dans une obscurité complète. Il parvint de l'autre côté, pour déboucher en pleine lumière du jour au-delà des montagnes, à peu de distance de la limite méridionale des domaines torquasiens, à pas plus de cent cinquante haads au maximum.

De cette limite de Torquas à la cité d'Aanthor, il y a deux cents haads, de sorte que le jeune homme était à quelque cent cinquante kilomètres terrestres d'Aanthor.

Il ne pouvait que faire une tentative dans cette direction car Thuvia avait dû y diriger sa fuite : là était l'eau la plus proche ; en outre, dans cet endroit, se situait l'espoir le plus réel d'être secouru par une expédition organisée depuis l'empire que son père dirigeait. Carthoris savait Thuvan Dihn parfaitement capable de ne laisser aucune pierre intacte jusqu'à ce qu'il ait découvert la vérité sur l'enlèvement de sa fille.

Il réfléchit alors que le complot visant à lui faire endosser la responsabilité de cet enlèvement avait été diaboliquement monté contre lui. Les soupçons à son égard ne pouvaient qu'avoir augmenté du fait de ce long délai. Ce qu'il ignorait toujours, c'était à quel point la traîtrise d'Astor de Dusar était parvenue, ne faisant que croître de jour en jour.

A l'instant même où il émergeait du tunnel traversant les montagnes pour regagner Aanthor, une flotte de guerre de Ptarth se dirigeait majestueusement en direction des deux villes jumelles d'Hélium. De plus loin encore, la distante Kaol envoyait une autre armada aérienne pour se joindre à celle de son allié.

Il ne savait pas, non plus, qu'en face de toutes les apparences accumulées contre lui, son propre peuple avait commencé à nourrir quelques suspicions à son égard, pensant qu'il avait été à l'origine du rapt de la princesse de Ptarth.

Non ! Il ne savait pas à quel point les Dusariens étaient parvenus à détériorer complètement l'amitié et les alliances établies entre les trois nations de l'hémisphère Nord : Hélium, Ptarth et Kaol.

Les envoyés Dusariens avaient pu s'infiltrer dans des administrations importantes et s'y ménager des emplois. Ces saboteurs s'étaient faits les émissaires des jeddaks entre eux, transmettant les messages qu'ils altéraient volontairement ou supprimaient carrément, de manière à susciter l'irritation ou l'impatience de l'un vis-à-vis des deux autres, entre ces trois nations empiriquement amies et alliées. Tant et si bien qu'à force d'endurer insultes et humiliations contenues dans ces papiers falsifiés, ils avaient fini par se fâcher. Et tout cela Carthoris l'ignorait.

Autre chose, qu'il ne savait pas : à la fin, John Carter, Seigneur de Guerre de Mars, avait refusé de permettre au jeddak d'Hélium de déclarer la guerre aussi bien à Ptarth qu'à Kaol. Cela parce qu'il avait la certitude infuse que son fils était entièrement digne de sa confiance : il s'expliquerait complètement et se disculperait fatalement un jour de manière satisfaisante.

Maintenant, deux grandes flottes se ruaient en direction d'Hélium tandis que les espions Dusariens infiltrés à la cour de Tardos Mors veillaient soigneusement à ce que les deux cités jumelles restent dans l'ignorance complète du danger qu'elles courraient.

La guerre avait bien été officiellement déclarée par Thuvan Dihn, mais le messager porteur de cette déclaration était un émissaire Dusarien à qui l'on avait fait comprendre qu'aucun message d'avertissement ne devait atteindre les villes avant la flotte ennemie.

Il faut dire que les relations s'étaient fortement

dégradées depuis quelques jours entre Hélium et ses deux puissantes alliées. Le départ des ministres avait marqué une interruption complète des communications sans fil entre les nations en litige, alors que ces relations sont de règle sur tout Barsoom.

Carthoris ignorait complètement cette évolution de dernière heure. Tout ce qui l'intéressait, en cet instant, était de retrouver Thuvia de Ptarth. Ses traces, grâce au gros banth, étaient bien apparentes dans le tunnel même et un peu après dans la partie extérieure se dirigeant vers les collines, en direction du sud.

Mais plus il avançait rapidement vers le fond desséché de l'ancienne mer, plus ces traces devenaient difficilement visibles, pour finir par ne plus paraître du tout sur la végétation de mousse ocre.

*
* *

Tout à coup, il eut la surprise de voir un homme nu qui s'avançait vers lui, venant du nord-est.

Comme l'individu se rapprochait, Carthoris fit halte pour l'attendre. Il avait bien vu que l'homme ne portait aucune arme et qu'il semblait bien être un Lotharien sa peau étant blanche et sa chevelure roussâtre.

Il s'approcha sans aucun signe de crainte et arrivé à proximité, il proféra un retentissant « kaor » en signe de bonne volonté.

– Qui êtes-vous donc ? demanda alors Carthoris.

– Je suis Kar Lomak, odwar des archers, répondit-il. Il m'est arrivé une chose bien étrange : depuis une éternité Tario me fait ressurgir du passé et me rend momentanément existence quand il a besoin d'une armée fictive. De tous les archers ainsi rematérialisés, c'est Kar Komak qui l'a été le plus souvent.

Depuis longtemps, Tario concentre son attention pour parvenir à une matérialisation permanente. C'est devenu une véritable obsession de sa part ; il veut réussir à ce que cette fumée devienne un objet réel et solide, et assurer de la sorte l'avenir de Lothar. Il affirme que la véritable matière n'a pas d'existence propre, sinon dans l'imagination de l'homme donc, purement mentale. Il croit qu'en persévérant dans la suggestion, il finira par la rendre permanente et l'inculquer dans l'esprit de tous.

Hier, il a réussi, mais au bout de combien de temps ! Ce fait lui a certainement échappé, tout comme il est survenu à mon propre insu alors qu'avec ma horde d'archers hurlants, je poursuivai avec eux les Torquasiens en pleine fuite à travers leurs plaines de mousse ocre.

Comme l'obscurité se faisait et que le moment était venu de nous évanouir une fois de plus dans l'air éthéré, je me retrouvai tout d'un coup complètement seul, à la lisière de la grande plaine qui s'étend jusqu'au pied des basses collines.

Mes hommes étaient retournés à leur néant d'où ils avaient momentanément été tirés ; moi seul restait : nu et totalement désarmé.

***

Sur le moment, je restai sans comprendre, mais je réalisai au bout d'un laps de temps assez rapide ce qui arrivait : la longue suggestion de Tario venait bel et bien de l'emporter et Kar Komak redevenu une réalité dans le monde des hommes. Seulement, mon harnais et mes armes s'étaient évanouis avec mes hommes, me laissant sans vêtements ni armement dans un pays ennemi, loin de Lothar.

– Car vous voulez retourner à Lothar ? demanda Carthoris.

– Oh, non ! rétorqua vivement Kar Komak. Je n'ai aucune considération pour Tario. En tant que créature issue de son mental, je connais parfaitement tout ce qu'il a dans l'esprit : il est cruel et tyrannique ... c'est finalement un maître que je n'ai nul désir de servir. Maintenant qu'il a réussi une première fois à matérialiser de manière permanente, il va devenir insupportable et il n'aura pas de fin qu'il n'ait rempli tout Lothar de ses créatures à lui. Je me demande s'il a aussi bien réussi avec la jeune fille de Lothar.

– Mais, je croyais qu'il n'y avait plus de femmes, reprit Carthoris.

– Mais si ! dans une pièce cachée de l'appartement de Tario, reprit Kar Komak, le jeddak a rendu la suggestion permanente concernant une belle fille, dans l'espoir qu'elle deviendrait matérielle un jour. Je l'y ai vue : elle est magnifique. Mais, pour son bien, j'espère que Tario ne réussira pas aussi bien avec elle qu'avec moi !

Mais maintenant, Homme-Rouge, j'ai beaucoup parlé de moi. Qu'en est-il de vous ?

Carthoris aimait le visage ouvert et les manières détachées de l'archer : aucun signe de crainte dans son expression quand il avait approché l'Héliumite surchargé d'armes et il avait entamé la conversation d'un ton parfaitement dégagé.

Aussi, le prince d'Hélium dit qui il était l'archer de Lothar et quelle sorte d'aventure l'avait amené dans cet étrange pays reculé.

– Bon ! s'écria son interlocuteur, Kar Komak ira avec vous ; nous trouverons ensemble la princesse de Ptarth et Kar Komak reviendra, grâce à vous, dans le monde des hommes réels ... le monde qu'il avait connu dans un passé bien lointain, quand les bateaux de la puissante Lothar labouraient de leur étrave le toujours redoutable et coléreux Throxus et que les lames grondantes venaient battre la barrière de ces collines maintenant desséchées et lugubres.

– Mais que voulez-vous dire ? demanda Carthoris : auriez-vous véritablement désormais une existence des plus réelles ? D'ailleurs, en aviez-vous réellement une, anciennement ?

– Mais bien entendu, répliqua Kar Komak. A mon époque je commandais les flottes de Lothar, la plus puissante de toutes les marines qui voguaient sur les cinq océans salés.

Partout sur Barsoom le nom de Kar Komak était connu et respecté. Les races de la planète étaient en paix à cette époque et seuls les marins étaient guerriers. Maintenant ces jours de gloire se sont engloutis dans l'oubli le plus total et je n'imaginais pas qu'il y eut encore sur Barsoom une seule personne bâtie sur votre moule, qui vive et aime le combat pour lui-même, tout comme le faisaient les bourlingueurs à mon époque.

Ah ! qu'il m'est agréable de revoir des hommes une nouvelle fois ! Je n'avais jamais eu beaucoup de considération pour les gens qui restaient à terre, de mes jours. Ils demeuraient murés dans leur cité, passant leur temps à jouer, dépendant entièrement des gens de mer pour assurer leur protection. Quant à ce qu'il reste de vivant : les Tario et les Jav de Lothar, ce sont de pauvres types, encore pires que leurs vieux ancêtres.

Carthoris restait quelque peu sceptique sur la sagesse qu'il y avait de s'attacher à un tel personnage. D'autant plus qu'il subsistait une possibilité : être l'essence de quelque ruse hypnotique de Tario ou de Jav, essayant d'agir sur l'Héliumite. Pourtant, les manières et les paroles de l'ancien marin-archer, sans compter les façons du combattant, tout cela était tellement patent que Carthoris n'avait pas le cœur de douter de lui.

Toujours est-il qu'il accorda à l'odwar nu la permission de l'accompagner, tous deux se mettant à la recherche de Thuvia et Komal.

Les traces allaient jusqu'à la partie moussue, de couleur ocre, de l'ancien fond marin. Là, elles disparaissaient comme l'avait prévu Carthoris. Mais elles pénétraient la plaine vers Aanthor ; aussi dirigèrent-ils leurs pas dans cette même direction.

***

La journée fut longue et pénible, remplie de dangers de toutes sortes. L'archer ne pouvait pas progresser à l'allure de Carthoris dont les pas étaient des bonds, ses muscles lui permettant de franchir de grandes distances sur la planète à la gravitation relativement faible, du moins par rapport à celle de la Terrre : quatre-vingts kilomètres par jour est déjà une bonne allure pour un Martien : mais le fils de John Carter était capable d'en couvrir près de deux cents, mais il ralentissait pour ménager et ne pas distancer son nouveau compagnon.

Tout au long de cette journée ils risquèrent à plusieurs reprises d'être découverts par des bandes errantes de Torquasiens, surtout quand ils atteignirent les abords de la ville elle-même.

Néanmoins ils eurent de la chance et bien qu'ils aient vu par deux fois un détachement d'Hommes-Verts sauvages ils restèrent inaperçus.

Ils allèrent de la sorte pour parvenir au matin du troisième jour en vue des dômes scintillants de la lointaine Aanthor. Tout au long de ce voyage, Carthoris portait son regard aussi loin que possible, à la recherche de Thuvia et de l'énorme banth, mais son espoir fut constamment déçu.

***

Enfin, ce matin-là, loin devant, à mi-chemin entre Aanthor et eux-mêmes, les deux hommes aperçurent deux petites silhouettes qui se dirigeaient en direction de la ville. Pendant un moment, ils restèrent immobiles, sur le qui-vive. Puis, Carthoris enfin convaincu, partit vers l'avant, effectuant de grands bonds, Kar Komak s'efforçant de le suivre du mieux qu'il pouvait.

L'Héliumite appela en criant très fort pour attirer l'attention de la jeune fille ; il fut récompensé de ses efforts quand il la vit se retourner, regardant attentivement dans sa direction. Le grand banth se tenait à ses côtés, les oreilles dressées, surveillant de très près l'approche de l'homme.

Sur le moment Thuvia de Ptarth ne pouvait avoir reconnu Carthoris, pensant néanmoins que ce ne pouvait être que lui. Elle attendait son arrivée sans donner aucun signe de frayeur.

Soudain il la vit désigner le nord-ouest, derrière lui. Aussi, sans ralentir sa course, regarda-t-il dans la direction indiquée.

Il vit, venant à brides abattues sur leurs coursiers lancés sur le tapis silencieux, une vingtaine de féroces guerriers Verts qui chargeaient dans sa direction, montant de puissants thoats.

Kar Komak était sur leur droite, nu et sans arme, courant toujours vaillamment vers Carthoris et lui criant de loin des avertissements comme si lui également, venait juste de découvrir le danger silencieux et menaçant qui se déplaçait si vite, épée prête et longues lances pointées vers l'avant.

Carthoris cria au Lotharien d'avoir à battre en retraite car il savait parfaitement qu'il allait sacrifier sa vie inutilement, en venant ainsi sans aucune arme, intercepter la course des guerriers sans pitié.

Mais Kar Komak n'hésitait jamais. Poussant des cris d'encouragement à l'intention de son nouvel ami, il continua sur son élan, en direction du prince d'Hélium. Le cœur de l'Homme-Rouge bondit devant cette preuve de courage et de sacrifice. Il regrettait fort d'avoir omis de confier à son valeureux ami une de ses épées. Il était trop tard pour le tenter car, le temps de retourner vers lui, les Torquasiens risquaient d'atteindre Thuvia avant lui.

Déjà, tel qu'il était situé, il risquait fort d'être juste à temps à ses côtés et peut-être même devancé.

C'est qu'en effet, tournant vers Aanthor, il vit une nouvelle force se hâtant dans leur direction : deux aéronefs de taille moyenne. Tout en étant encore à bonne distance, il discerna les insignes de Dusar sur leurs proues.

En ce qui concernait Thuvia, il semblait y avoir assez peu d'espoir : un banth, un guerrier Rouge et un archer sans arme, tout décidés soient-ils à la défendre, n'avaient guère de possibilités contre une horde de sauvages guerriers Torquasiens chargeant dans leur direction. S'y ajoutaient les hommes d'Astok, prince de Dusar, s'abattant du ciel. Bref, la cause paraissait perdue, avant même d'avoir été engagée.

Voyant Carthoris s'approcher, elle ressentit quelque chose d'inexprimable, un soulagement envers ses propres responsabilités et la peur qu'elle éprouvait jusque-là.

Son esprit l'emportait encore sur son cœur ; le fait patent que Carthoris n'était véritablement pour rien dans son enlèvement du palais de son père lui paraissait loin d'être évident. Tout ce qu'elle savait c'est qu'elle était heureuse de le savoir à ses côtés car, avec lui, tout paraissait possible, même cette impossibilité qu'était d'éviter sa destinée actuelle.

***

Il était là maintenant, devant elle et tout essouflé. Un sourire d'encouragement illuminait son visage.

– Courage, ma princesse ! murmura-t-il.

La mémoire de la fille lui fit revoir comme un éclair une autre occasion où il avait utilisé pratiquement les mêmes mots : c'était dans la salle du trône de Tario, à Lothar, au moment où ils commençaient à glisser sur le marbre, s'inclinant vers on ne savait alors quelle fin.

Elle ne l'avait pas repris vertement alors, pour avoir utilisé cette formule familière ; elle ne le ferait pas non plus cette fois-ci encore, bien qu'elle soit promise à un autre.

Elle était toute étonnée de sa propre turpitude : il faut dire que sur Barsoom il est honteux pour une femme d'entendre ces mots « ma princesse » employés par un autre que son mari ou les apparentés.

Carthoris remarqua ce rouge qui montait au visage de la jeune fille, prouvant sa mortification : il regretta aussitôt ses mots. Mais il ne restait plus qu'un instant avant que les guerrier Verts soient sur eux.

– Pardonnez-moi ! lui dit-il alors à voix basse. Mon profond amour est seul fautif et mon excuse ... et puis aussi, le fait que je ne sois plus en vie que pour un instant. Sur ces mots, il se détourna pour faire face à l'avant-garde des guerriers Verts.

Un d'entre eux était tout à l'avant et chargeait avec sa lance horizontale, frôlant le sol. Carthoris fit un léger saut sur le côté et le grand thoat, ainsi que l'éclaireur qui le montait, passèrent. Au même moment, le jeune homme abattit sa longue épée sur l'Homme-Vert, qu'il trancha en deux, de haut en bas !

Simultanément, Kar Komak sauta les mains nues et agrippa la jambe d'un autre cavalier. Le reste de la troupe arrivait à proximité et mettait pied-à-terre, abandonnant leurs lances pour se battre plus commodément à coups d'épées. Les Dusariens, eux, se posaient sur le gazon et cinquante guerriers franchirent le pont pour venir s'ajouter à la masse des combattants.

C'est ainsi que le fond de l'océan asséché vit une forêt d'épées, coupant, taillant en tous sens et, au milieu d'eux, Komal, le grand banth, bondissait, allant de l'un à l'autre !

CHAPITRE XI

Hommes-Verts et grands Singes-Blancs

Une lame d'épée torquasienne vint entailler le front de Carthoris, en un violent choc. Il garda, avant de perdre conscience, la vision fugitive de doux bras l'enserrant par le cou et de lèvres tièdes, toute proche de son visage.

Combien de temps resta-t-il ainsi ? Il ne put l'estimer, mais quand il rouvrit les yeux il était seul, parmi les cadavres d'Hommes-verts et de Dusariens, et celui d'un énorme banth gisant tout près de lui.

Thuvia n'était plus là, il n'y avait pas non plus le corps de Kar Komak parmi tous ceux éparpillés aux alentours.

***

Affaibli par la perte de sang, Carthoris reprit son chemin, très lentement, en direction d'Aanthor, ne parvenant dans les faubourgs qu'en soirée.

Il avait besoin d'eau plus que de toute autre chose. Aussi gagna-t-il la grande place centrale par une large avenue. Il savait trouver le précieux breuvage sur cette place, dans un édifice à moitié en ruines, face au grand palais de l'ancien jeddak qui avait commandé toute la puissante cité naguère.

Il n'accorda que peu d'attention à l'environnement, découragé et dégoûté par cette étrange suite d'événements qui semblaient s'acharner à rejeter et ne pas faire aboutir ses efforts pour servir la princesse de Ptarth. Il marchait un peu comme un somnambule dans la cité déserte, sans se soucier une miette des grands Singes-Blancs qui l'épiaient, tapis dans les ombres noires des blocs de pierre décoratives, érigées sur les deux bords de l'avenue et tout autour de la place.

Il faut bien dire que si Carthoris négligeait quelque peu les alentours, de nombreux yeux suivaient sa progression, son entrée sur la place et ses pas chancelants vers le petit monument de marbre, abritant le filet d'eau à moitié tari.

Aussi, quand l'Héliumite pénétra dans le petit édifice, une douzaine de silhouettes puissantes et grotesques émergèrent de derrière leurs cachettes en silence, convergeant vers lui, la plupart depuis le palais sur la place.

Carthoris resta une bonne demi-heure dans cet édifice. Il lui fallut déblayer et creuser le sable rougeâtre accumulé pour parvenir jusqu'à l'eau et s'abreuver de quelques gouttes du précieux liquide. Puis il se releva et sortit de la fontaine ornementale. A peine avait-il franchi le seuil que douze guerriers Torquasiens lui sautaient dessus.

Il n'eut pas le temps de tirer son épée : mais, le geste fort prompt, il put brandir le poignard qu'il avait passé dans son harnais ; il l'abattit à plusieurs reprises et plus d'un cœur d'Homme-Vert cessa de battre sous cette pointe acérée.

Ils finirent par le maîtriser et lui saisirent ses armes ; mais il n'y avait plus que neuf guerriers sur les douze initiaux, revenant avec leur prise en traversant la place. Ils jetèrent leur prisonnier sans ménagement dans un puits où dans une obscurité totale, ils l'enchaînèrent à l'aide d'un métal tout rouillé, fixé au mur par une maçonnerie solide.

– Demain, Tharban viendra te parler. Présentement il dort, mais son plaisir sera d'autant plus grand quand il saura qui vagabondait parmi nous. Encore plus grande sera la joie d'Hortan Gur quand Thar Ban traînera devant lui le fou qui a osé porter son épée sur le grand jeddak.

***

Sur ce, ils le laissèrent dans l'obscurité et le silence le plus complet.

Carthoris resta des heures accroupi sur les dalles de sa prison, le dos contre le mur, là même où se trouvait scellée la manille assurant la fermeture de la chaîne qui l'emprisonnait.

Et puis brusquement, ses oreilles furent frappées par un bruit de pieds nus frottant prudemment le sol, s'approchant de plus en plus près de l'endroit où il était, sans arme et sans aucune possibilité de se défendre. Tout cela dans l'obscurité la plus totale.

Les minutes passaient, semblables à des heures, durant lesquelles le silence sépulcral vit la répétition de ce frottement inhabituel de pieds nus, s'esquivant et revenant tout à coup avec d'infinies précautions vers lui.

Ces bruits furtifs furent suivis par une ruée brusque de plantes de pieds nues tout au long de ténèbres impénétrables. A peu de distance, lui parvint comme un bruit de bagarre, de respiration forcée, et même, à un moment, comme le son étouffé d'un juron : celui d'un homme se battant contre de grandes créatures étranges. Il fut suivi du cliquetis d'une chaîne, suivi du son clair d'un métal brisé, qui tombe à terre. Le silence revint une nouvelle fois, mais ce ne fut que momentané. Il entendait à nouveau le frottement léger des pieds s'approchant de lui. Il devina, des yeux à l'expression féroce, luisant dans le noir, qui le fixaient et il distingua nettement les profondes respirations venues de puissants poumons.

Puis ce fut à nouveau la ruée et les créatures furent sur lui.

Des membres se terminant apparemment comme des mains humaines lui saisirent simultanément la gorge, les bras et les jambes. Des corps velus luttèrent et vinrent au contact de sa peau unie, tandis qu'il se débattait, dans le noir complet et dans un profond silence, contre ces horribles ennemis, au fond des puits de l'ancien Aanthor.

Carthoris était musclé comme un dieu géant ; pourtant il se trouvait totalement désarmé, semblable à une frêle bonne femme dans ces puits complètement obscurs, saisis entre les griffes de ces créatures inconnues.

Malgré cela, il combattit, portant des coups futiles contre ces poitrines poilues qu'il ne pouvait voir. Il sentait des gorges épaisses et fuyantes se dérober sous ses doigts ; de la bave lui mouillait les joues et ses narines étaient empuenties par une haleine chaude et fétide.

Des défenses redoutables étaient également fort proches, il les devinait, ne comprenant pas pourquoi ces créatures ne s'en servaient pas et ne les lui avaient pas encore plantées dans les chairs.

Il finit par sentir qu'un certain nombre de ces individus s'accrochaient à sa chaîne et tiraient tous ensemble. Les mêmes sons que précédemment se firent entendre, exactement comme cela s'était déjà passé un instant avant d'être attaqué. Sa chaîne se rompit et l'extrémité ainsi libérée tomba à terre avec un bruit métallique.

On le saisit de tous côtés et il fut transporté à vive allure à travers d'obscurs boyaux, vers il ne savait quelle destinée.

***

Il pensa de prime abord que ses ennemis appartenaient à la tribu de Torquas, mais leurs corps velus démentaient cette idée. Maintenant, il était presque sûr de leur identité, encore qu'ils ne l'avaient pas tué, ni dévoré sur-le-champ, comme il l'aurait cru.

Il y eut une bonne demi-heure de course : une véritable galopade dans ce dédale souterrain qui caractérise toutes les villes de Barsoom, aussi bien actuelles qu'anciennes. Ses ravisseurs finirent par sortir à la lumière lunaire, dans la cour d'une habitation, bien loin de la place centrale.

Carthoris put enfin voir qu'il était au pouvoir d'une tribu de grands Singes-Blancs de Barsoom. La raison principale de ses doutes avait été le caractère velu de leur poitrine, alors que les grands Singes-Blancs se distinguent par le fait qu'ils n'ont aucune pilosité, sinon une grosse touffe hérissée sur la tête.

Il put enfin voir la cause de son erreur : tous portaient en travers de la poitrine des bandes de peau, habituellement de banth, imitation des harnais de guerriers Verts, lesquels campaient si souvent dans les cités que ces créatures hantaient.

Carthoris avait lui des relations attestant de l'existence de tribus de singes qui paraissaient progresser lentement vers des formes plus élevées d'intelligence. Il réalisa alors être tombé au pouvoir de l'une d'elles. Mais cela ne lui disait pas qu'elles étaient leurs intentions à son égard.

Regardant autour de lui dans la cour, il vit distinctement une cinquantaine de ces bêtes affreuses, accroupies sur leurs arrière-trains. Non loin de lui, il y avait un autre humain, étroitement surveillé.

Ses yeux se portant sur cette personne, un large sourire illumina le visage de l'autre, suivi d'une « Kaor, Homme-Rouge ! » qui sortit de ses lèvres en une explosion de joie. C'était Kar Komak, l'archer.

***

Kaor ! répondit aussitôt Carthoris. Mais comment êtes-vous venu ici et qu'est-il arrivé à la princesse ?

– Des Hommes-Rouges comme vous, sont descendus de puissants vaisseaux aériens, aussi grands que les navires qui voguaient jadis sur les cinq océans, répondit Kar Komak. Ils ont combattu les Hommes-Verts de Torquas, abattant Komal, le dieu de Lothar. Je pensais qu'ils étaient de vos amis et j'étais content quand je vis les survivants s'emparer de la fille Rouge et l'entraîner dans l'un des vaisseaux qui mit aussitôt cap vers l'inaccessible espace aérien.

C'est alors que des Hommes-Verts se sont emparés de moi et m'ont emmené jusqu'à une grande ville déserte où je fus enchaîné dans un puits tout noir. Par la suite, d'autres sont venus et m'ont tiré jusqu'ici. Et vous, Homme-Rouge, qu'en a-t-il été ?

Carthoris raconta ce qui lui était arrivé et tandis que les deux hommes se parlaient ainsi, les Singes-Blancs accroupis les observaient, les écoutant attentivement.

– Qu'allons-nous faire maintenant ? demanda l'archer.

– Notre situation se présente plutôt mal, répondit sombrement Carthoris. Ces créatures sont des mangeuses d'hommes ; pour quelle raison ne nous ont-elles pas encore dévorés, je n'arrive pas à le comprendre. Tenez ! justement, murmura-t-il, vous voyez ? la fin est proche !

Kar Komak regarda dans la direction que son compagnon indiquait et vit un énorme Singe-Blanc qui s'avançait avec un puissant gourdin.

– C'est exactement ainsi qu'ils préfèrent tuer leur proie, ajouta Carthoris.

– Allons-nous mourir sans avoir seulement livré combat ? s'inquiéta Kar Komak.

– Pas moi, en tout cas ! ajouta Carthoris, encore que je sache toute résistance assez futile contre ces grandes brutes. Oh ! si seulement j'avais une bonne épée !

– Ou un arc, ajouta Kar Komak et un utan d'archers.

A ces mots Carthoris bondit à moitié sur ses pieds, aussitôt rabroué par un de ses gardes qui le força à reprendre sa position.

– Kar Komak ! s'écria-t-il pourquoi ne feriez-vous pas comme Tario et Jav ? Ils ne disposent pas d'archers autres que ceux issus de votre seule imagination : vous devez bien connaître le secret de leur puissance. Voyons ! appelez-le donc, cet utan !

Le Lotharien regarda Carthoris, les yeux écarquillés d'étonnement, comme si cette simple suggestion lui ouvrait subitement des tas de possibilités.

– Pourquoi pas, après tout ? murmura-t-il.

*
* *

Le singe sauvage portant la grosse massue venait en direction de Carthoris dont les doigts le démangeaient, se crispant dans le vide, tandis qu'il suivait son exécuteur du regard. Kar Komak posa des yeux pénétrants sur le groupe de singes. Sa concentration d'esprit était manifeste, attestée par les grosses gouttes de sueur qui perlaient de son front.

La créature chargée d'assommer l'Homme-Rouge était à portée du bras de sa victime, quand Carthoris entendit une clameur lugubre venant du côté opposé de la cour. Tous ensemble : singes accroupis, singe porteur de la masse et lui-même se retournèrent simultanément vers le bruit... et virent une compagnie de robuste archers se ruer depuis la porte d'un édifice tout proche.

Les singes se levèrent précipitamment avec des cris de rage, chargeant les nouveaux attaquants. Ils furent accueillis par une volée de flèches qui les atteignit à mi-chemin, une douzaine s'écroulant sans vie. Les autres singes continuèrent leur charge, leur attention complètement détournée des prisonniers, dont même les gardes s'étaient détachés, pour se joindre à eux.

– Venez ! souffla Kar Komak, nous pouvons nous échapper maintenant qu'il sont occupés par mes archers.

– Et abandonner lâchement ces braves, sans un chef pour les guider et les soutenir ? s'écria Carthoris dont la nature loyale se rebellait à la seule suggestion d'une pareille possibilité.

Kar Komak se mit à rire.

– Vous oubliez, dit-il, qu'ils sont aussi inconsistants que l'air le plus ténu, mais seulement des créations de mon cerveau. Ils s'évanouiront totalement indemmes quand nous n'aurons plus besoin d'eux. Fort heureusement et que votre premier ancêtre en soit remercié à jamais, vous avez songé à cette possibilité à temps ! Il ne me serait jamais venu à l'esprit que je puisse jouir du même pouvoir que celui grâce à qui j'existe, aujourd'hui !

– C'est vrai ! dit Carthoris, et pourtant, je déteste l'idée de les abandonner ainsi, même s'il n'y a rien d'autre à faire. Tout en disant cela, ils contournèrent la cour et se frayèrent un chemin aboutissant dans l'une des vastes avenues. Ils rampèrent à la dérobée le long des zones d'ombres projetées par les immeubles en direction de la grande place centrale où les édifices étaient occupés par les Hommes-Verts, quand ces derniers venaient à passer par la cité déserte.

Une fois parvenus sur l'un des côtés de la place, Carthoris s'arrêta.

– Attendez-moi ici, dit-il dans un souffle, je vais aller chercher des thoats, car à pied nous ne pourrons jamais espérer échapper à l'emprise de nos « chers » Hommes-Verts.

Atteindre le jardin où les thoats étaient parqués nécessitait de traverser un des immeubles entourant la place centrale. Était-il occupé ou non ? Il ne pouvait le savoir ; aussi dut-il prendre des risques énormes pour gagner l'enclos où l'on pouvait entendre les bêtes, jamais en repos, poussant des cris aigus et se querellant sans cesse.

Le hasard l'envoya traverser un corridor obscur, l'amenant dans une vaste pièce où une vingtaine de guerriers Verts dormaient, enveloppés dans des fourrures doublées de soie. Sitôt Carthoris eut-il traversé la petite antichambre connectant la porte de l'édifice à cette grande salle, qu'il prit soudain conscience d'une présence : quelque chose ou quelqu'un se trouvait dans cette antichambre, qu'il venait de passer.

Effectivement, il entendit un bâillement. Se retournant, il vit le visage d'une sentinelle, émergeant de son sommeil et s'étirant pour reprendre sa veille attentive de gardien.

***

Carthoris ne réalisa qu'après être passé à moins d'un demi-mètre de ce guerrier, très probablement lui-même l'avait tiré de son sommeil. Revenir en arrière était maintenant interdit ; quant à traverser cette pièce entièrement remplie de guerriers endormis, cela paraissait constituer une véritable gageure.

Carthoris haussa ses larges épaules et choisit le moindre mal : il entra hardiment dans la pièce. Sur sa droite, contre le mur, se trouvaient alignés des épées, des fusils et plusieurs lances, plus d'autres armes que les guerriers avaient entreposées là de manière à les avoir toujours à portée de main si une alarme de nuit les éveillait soudainement. Chaque dormeur avait ses armes propres contre lui ; il en était ainsi de l'enfance à la vieillesse.

La vue des épées donna de vives démangeaisons à la paume du jeune homme. Il se dirigea rapidement vers elles, choisissant deux courtes épées : une pour Kar Komak et l'autre pour lui ; ainsi que quelques vêtements pour son camarade, toujours nu.

Puis, il se dirigea vers le centre, parmi les Torquasiens endormis. Pas un seul ne bougea jusqu'à mi parcours. C'est alors que juste sur son trajet, l'un des dormeurs se retourna, sans cesser de dormir, dans ses couvertures.

L'Héliumite s'arrêta juste au-dessus de lui, une épée brandie à son niveau au cas où il se réveillerait. L'Homme-Vert continua à s'agiter dans sa couche et cela parut des heures au jeune prince. Subitement, il se leva en bondissant, comme mu par des ressorts ; il fit alors face à l'Homme-Rouge.

Ce dernier frappa instantanément mais pas avant qu'un grognement sauvage ne ce soit échappé des lèvres de l'autre. En un instant toute l'assistance, présente dans la pièce, était en grand émoi. Les guerriers sautèrent sur leurs pieds, se saisirent de leur arme et se mirent à crier, s'interpelant les uns les autres, pour connaître la raison de cette perturbation.

Tout restait parfaitement visible dans la pièce, à Carthoris du moins, ses yeux étant habitués à la faible lueur que la lune dispensait du zénith. Mais pour les yeux de ces hommes tirés d'un profond sommeil, les objets n'avaient pas encore pris leur forme réelle, ne distinguant que les silhouettes des autres guerriers, courant en tous sens dans l'appartement.

L'un d'eux trébucha contre le corps de celui que Carthoris avait tué ; l'individu s'arrêta et sa main tâtonnante vint au contact du crâne défoncé. Alors, distinguant à côté de lui la silhouette géante des autres Hommes-Verts, il sauta sur la seule conclusion qui restait offerte à son raisonnement.

– Les Thurds ! s'écria-t-il. Les Thurds sont après nous ! Debout guerriers de Torquas et sus à nos vieux ennemis ; plantez-leurs vos épées dans le cœur !

Les Hommes-Verts tombèrent effectivement l'épée au poing. L'un contre l'autre : leur soif sauvage de combat était à son paroxysme. Se battre, tuer ou être tué à l'arme blanche, voilà qui les imprégnait jusque dans leurs œuvres vives ! Pour eux c'était une joie sans pareille, le paradis !

Carthoris fut prompt à tirer parti de leur erreur, la tournant à son avantage et à celui de son camarade. Il savait que le plaisir de tuer l'emporterait chez eux et qu'ils continueraient à se battre ainsi, même après avoir découvert leur méprise. Leur attention serait toujours distraite par les véritables motifs de cette altercation. Aussi, ne perdit-il pas de temps, continuant à traverser la pièce vers la porte qui faisait face à celle de l'entrée, et qui donnait sur la cour à atteindre, là où les thoats sauvages criaient et se battaient entre eux.

***

Dans l'enclos, il eut fort à faire et bien des difficultés à résoudre.

Attraper et enfourcher une de ces bêtes intraitables et en état permanent de colère, n'était pas un jeu d'enfant, même sous les meilleurs auspices. Alors qu'il eût fallu le silence complet et du temps, conditions indispensables, la chose aurait paru pratiquement sans espoir à un homme doué de moins de ressources et d'optimisme : le vrai fils du Seigneur de Guerre de la planète.

Il avait en effet appris de son père beaucoup de détails relatifs à ces bêtes, ainsi que de la part de Tars Tarkas, quand il avait rendu visite au grand jeddak Vert parmi ses hordes de Thark.

Aussi, se concentra-t-il exclusivement à la tâche qu'il devait entreprendre, comme s'il n'avait jamais reçu aucun enseignement de quiconque. Il se fia à sa seule expérience car il avait maintes fois monté et dirigé ces coursiers.

Le tempérament des thoats de Torquas se révéla encore plus difficile que celui de leurs cousins de Thark et de Warhoon. Il lui sembla un moment qu'il ne pourrait échapper à une charge furieuse de la part d'un couple de vieux mâles qui piaffaient et faisaient sans cesse le tour de sa personne, tout en poussant des cris effrayants. A la fin, il parvint à approcher l'un d'eux, jusqu'à pouvoir le toucher. Le contact de sa main sur son cuir lisse eut l'étrange conséquence de tranquilliser cette créature, conformément à l'ordre télépathique donné par l'Homme-Rouge : elle s'agenouilla.

Aussitôt, Carthoris sauta sur son dos, guidant la bête en direction de la grande porte qui donnait dans la cour, vers un vaste immeuble s'élevant à l'extrémité de l'avenue située juste après.

Pour ce qui est du deuxième mâle, toujours hurlant et enragé, il se mit tout simplement à suivre son compagnon. Il n'y avait aucune bride, ni sur l'un ni sur l'autre, car ces étranges bêtes sont entièrement dirigées par suggestion... dans la mesure où l'on peut les contrôler !

Même entre les mains des Hommes-Verts géants des

rênes et des brides seraient totalement inutiles devant la sauvagerie folle de ces mastodontes d'une force sans égale ; aussi doivent-ils être guidés par cet étrange pouvoir télépathique grâce auquel les Martiens ont appris à communiquer de manière fruste avec toutes les créatures inférieures de la planète.

Carthoris dirigea les deux bêtes, non sans difficultés, vers la porte dont il abaissa le loquet, s'inclinant bien bas pour pouvoir passer. Ensuite, le thoat qu'il montait plaça sa grande épaule contre le panneau en bois de skeel et poussa ; un moment après l'homme et les deux bêtes redescendaient l'avenue d'un mouvement chaloupé et silencieux, atteignant la grande place où Kar Komak attendait.

C'est là que Carthoris éprouva le plus de mal à dompter la seconde bête ; comme, en outre, Kar Komak n'avait jamais monté une de ces créatures, il douta jamais y parvenir, le travail étant sans espoir apparent. Pourtant, à la fin, l'archer parvint à se hisser sur le dos lisse et les deux animaux se mirent à voler littéralement le long de l'avenue moussue menant au fond de la mer asséchée, aux limites de la ville.

***

Ils allèrent bon train toute la nuit et le jour suivant, ainsi que la seconde nuit, en direction du nord-est. Il n'y eut aucun signe de poursuite ? A l'aurore du second jour, Carthoris aperçut le ruban ondulant formé par la ligne des grands arbres qui bordaient un des canaux barsoomiens.

Ils abandonnèrent aussitôt leurs thoats, approchant le district cultivé à pied. Carthoris retira la pièce de métal de son harnais qui l'aurait fait identifier comme étant un Héliumite de sang royal. C'était plus prudent car il ne savait pas à quelle nation appartenait ce canal et sur Mars, il est toujours bon de s'assurer de quelle nationalité est celui à qui l'on a affaire : nécessairement un ennemi jusqu'à preuve du contraire.

Au milieu de la matinée les deux hommes entrèrent sur l'une des routes partageant les districts cultivés, allant d'une zone aride à l'autre. Elles traversaient la piste centrale longeant le canal qui borde et relie les fermes alignées sur les terres allongées.

Les murs élevés protégeant ces terres cultivées, servaient de protection contre les incursions de hordes Vertes en maraude, de même que contre les banths et autres carnivores qui se seraient attaqués aux bêtes domestiques ainsi qu'aux hommes peuplant ces fermes.

Carthoris s'arrêta devant la première porte rencontrée, frappant pour qu'on lui ouvre. L'homme jeune qui leur répondit, le fit de manière très hospitalière, bien qu'il regarda avec un indéniable étonnement la peau blanche et les cheveux roux de l'archer.

Après avoir écouté un moment l'esquisse du récit de leur évasion hors de l'emprise des Thorquasiens, il les invita à entrer, les fit pénétrer dans sa demeure, et demanda aux servantes de leur apprêter quelques nourritures.

Tout en attendant le repas, au milieu de la salle de séjour au plafond bas, dans le bâtiment de ferme, Carthoris aiguilla son hôte vers une conversation lui révélant sa nationalité. Par voie de conséquence : à quelle nation appartenait la voie navigable du canal qu'ils venaient de longer.

– Je suis Hal Vas, dit le jeune homme, fils de Vas Kor de Dusar, un noble de la suite d'Astok, prince de Dusar. Actuellement, je suis Dwar de la route traversant ce district.

Carthoris se félicita de n'avoir pas décliné son identité car bien qu'il n'ait aucune connaissance des événements survenus depuis son départ d'Hélium, ni aucune connaissance du fait qu'Astok était à l'origine de tous ses ennuis, il savait bien que le Dusarien n'aurait aucune sympathie à son égard et qu'il ne pouvait espérer aucune aide de quiconque à l'intérieur des territoires régentés par Dusar.

– Et vous, qui êtes-vous ? demanda Hal Vas. A votre apparence je vois un combattant mais il n'y a pas d'insigne sur votre harnais. Seriez-vous un panthan ?

Ces soldats de fortune, errants sont choses communes sur Barsoom où tant d'hommes aiment à se battre. Ils vendent leurs services en tant que mercenaires, partout où une guerre sévit. Quand il n'y a pas de conflit entre nation d'Hommes-Rouges, durant de brefs intervalles, ils se joignent à l'une des quelconques expéditions que l'on envoie constamment contre les Hommes-Verts pour protéger les canaux traversant les contrées sauvages de la planète.

Une fois leur service assuré, ils enlèvent le métal de la nation qu'ils ont momentanément servi, jusqu'à trouver un nouveau maître. Entre-temps, ils ne portent aucun insigne sur leur harnais et ont simplement quelques armes menaçantes, suffisantes pour attester de leur candidature à un nouvel emploi.

***

Cette suggestion fut la bienvenue et Carthoris saisit l'occasion ainsi offerte pour se situer de manière satisfaisante. Il y avait cependant un inconvénient : en temps de guerre de tels panthans sont nécessairement dans un camp ou un autre et portent donc le métal de la nation choisie, pour combattre avec leurs guerriers.

Or, autant que Carthoris le sache, Dusar n'était pas en guerre. Mais on ne pouvait pas savoir quand une nation rouge s'apprêtait à sauter à la gorge d'un voisin. La grande et puissante alliance dont son père, John Carter était le maître, maintenait un état permanent de paix sur la majeure partie de la planète.

Un sourire de satisfaction illumina le visage de Hal Vas quand Carthoris admit son inoccupation.

– C'est une chance, s'exclama le jeune homme, que vous soyez venus ici car vous aurez l'occasion d'obtenir rapidement un engagement. Mon père Vas Kor, est justement ici, avec moi. Il est venu pour recruter une force qui participe à la nouvelle guerre que nous entreprenons contre Hélium !

CHAPITRE XII

Sauver Dusar

Thuvia de Ptarth, engagée dans une lutte contre la convoitise de Jav, dont l'enjeu était pire que la mort, jeta un coup d'œil rapide par-dessus son épaule, en direction de la forêt dans laquelle avait retentit le féroce grognement. Jav regarda, lui aussi.

Ce qu'ils virent les remplirent tous deux d'appréhension. C'était Komal, le dieu banth, qui se ruait vers eux, la gueule grande ouverte.

Quelle proie avait-il choisi ? Était-ce les deux ?

Très vite ils surent et bien que le Lotharien se soit arrangé pour mettre la fille entre lui et les terribles défenses du monstre, l'énorme bête continua sa course vers lui.

Alors, poussant des cris, Jav tenta de fuir en direction de Lothar, non sans avoir poussé auparavant Thuvia vers les crocs de la bête. Mais sa course fut de courte durée : Komal fut sur lui en un instant, déchirant sa gorge et labourant sa poitrine avec une fureur démoniaque.

La fille les rejoint un instant plus tard, mais elle eut beaucoup de mal à séparer la bête enragée de sa proie. Grondant sans arrêt et jetant des coups d'œil furtifs et affamés sur Jav, le banth finit par accepter de se laisser mener à nouveau dans le bois.

Son protecteur géant à ses côtés, Thuvia se mit à la recherche du passage à travers les falaises, de manière à tenter le retour apparemment impossible vers Ptarth, distant de dix-sept mille haads, à travers la partie sauvage de Barsoom.

Ne pouvant croire que Carthoris l'avait délibérément abandonnée, elle guettait sans arrêt son retour, mais ayant poussé sa recherche du tunnel trop loin vers le nord, elle manqua sa rencontre avec l'Héliumite qui tentait son retour vers Lothar en quête de la jeune fille.

***

Thuvia éprouvait quelques difficultés à établir la place exacte du prince d'Hélium dans son cœur, ne voulant pas admettre dans son for intérieur qu'elle l'aimait ! Pourtant elle ne l'avait pas vertement repris, l'autorisant même à employer à son égard les termes de tendresse et de possession qu'une femme de barsoom doit feindre d'ignorer quand un homme les emploie, s'il est autre que son mari et son fiancé officiel : « ma princesse ».

Elle portait une profonde admiration à Kulan Tith, jeddak de Kaol, à qui elle était promise. N'était-ce pas parce qu'elle s'était simplement rendue aux raisons paternelles, à la suite de l'affront piquant qu'elle avait éprouvé quand le beau garçon Héliumite n'avait pas su prendre avantage de sa visite à la cour de son père. Il n'avait pas demandé sa main, alors qu'elle en était persuadée devant ses regards admiratifs, depuis le jour apparemment lointain où ils se trouvaient assis tous deux sur le banc sculpté dans le jardin somptueux des jeddaks qui ornaient le si gracieux parc intérieur du palais de Salensus Oll à Kadabra.

Aimait-elle réellement Kulan Tith ? S'évertuant à le croire. Ses yeux n'arrêtaient pas de scruter l'obscurité, espérant à chaque instant en voir surgir un fier combattant de teint clair, aux yeux gris et cheveux noirs. Certes, Kulan Tith avait aussi la chevelure noire... mais les yeux bruns !

Il faisait presque nuit quand elle trouva enfin l'entrée du tunnel et traversa sans incident les collines. Là, à la lueur des deux lunes de Mars, elle fit halte pour mieux réfléchir à ses futurs plans d'action.

Fallait-il attendre en cet endroit, dans l'espoir du retour de Carthoris, revenant à sa recherche ? Ou allait-elle continuer son chemin en direction du nord-est, vers Ptarth ? Mais où donc Carthoris avait-il pu aller, après avoir quitté la vallée de Lothar ?

La gorge sèche comme du parchemin et la langue comme du papier buvard lui donnèrent la réponse à son interrogation : vers Aanthor à la recherche d'eau avant tout. C'était cela : il lui fallait aussi gagner Aanthor, où elle pourrait trouver de l'eau dont le besoin se faisait expressément sentir.

Rassurée ! par la présence de Komal à ses côtés, elle était sûre qu'il la protégerait des autres bêtes de proie : même les grands Singes-Blancs fuiraient l'énorme banth avec terreur. Il lui fallait craindre les hommes mais le risque devait être couru et quelques autres encore, si elle voulait retrouver le pays de son père.

Quand Carthoris la rejoignit, pour être presque aussitôt frappé au front par une longue épée d'un Homme-Vert, Thuvia, prise de désespoir, pria pour qu'un sort semblable lui soit réservé.

Puis il y eut la vision subite des guerriers Rouges bondissant du pont de leurs vaisseaux ; cela la réconforta un instant, prise d'un nouvel espoir, celui que Carthoris ne soit que blessé, ces hommes lui portant secours. Mais elle aperçut bien vite l'insigne de Dusar sur leur harnais et elle comprit qu'ils n'avaient pour but que de la sauver seule, de l'attaque des Torquasiens. Elle abandonna aussitôt toute résistance.

Komal ayant également trouvé la mort, son corps allongé en travers de celui de l'Homme-Rouge, elle était vraiment seule, sans personne pour la protéger.

Les guerriers Dusariens la traînèrent sur le pont du navire le plus proche, pendant que tout autour, les guerriers Verts bondissaient dans une ultime tentative de l'arracher aux mains des Rouges.

Finalement, ceux qui étaient restés indemnes dans cet affrontement sanglant parvinrent à regagner les ponts des deux aéronefs. Les moteurs vrombirent et les hélices se mirent en marche : les deux esquifs prenant rapidement de l'altitude.

***

Thuvia regarda autour d'elle : un homme se tenait là, souriant. Elle eut un sursaut en le reconnaissant et le fixa droit dans les yeux ; puis quand elle eut compris, avec un petit gémissement de terreur, elle prit sa face entre les mains et se mit à pleurer sur la rambarde en bois poli de skeel.

C'était Astok, prince de Dusar.

Ses deux aéronefs étaient d'un type excessivement rapide ; il le fallait bien car il fallait regagner la cour de son père le plus vite possible : les flottes de guerre d'Hélium, de Ptarth et Kaol se trouvant éparpillées un peu partout dans le ciel de Barsoom. Que l'un d'eux vienne à découvrir Astok et à son bord Thuvia prisonnière, cela aurait été plus que fâcheux !

Aanthor était situé sur le cinquantième parallèle de latitude sud et à quarante degrés à l'est de Hortz : siège maintenant désert de l'ancienne culture barsoomienne et centre d'enseignement. Dusar, elle, était à quinze degrés de latitude nord et à vingt degrés à l'est de Horz.

Aussi grande soit la distance séparant les villes, les deux engins volants la couvrirent d'une traite. Mais longtemps avant d'avoir atteint son but, Thuvia avait appris plusieurs choses, effaçant les doutes qui la torturaient depuis des jours. A peine s'étaient-ils envolés au-dessus d'Aanthor qu'elle reconnut parmi plusieurs membres de l'équipage des hommes également présents lors de son enlèvement dans les jardins du palais de son père, à Ptarth. La présence d'Astok dans l'avion élucidait la question : elle avait été enlevée par des émissaires du prince de Dusar et Carthoris d'Hélium n'avait rien à voir là-dedans.

Astok ne nia pas quand elle l'en accusa ; il se contenta de sourire et de plaider l'amour qu'il lui portait.

– Plutôt me marier avec un grand Singe-Blanc, s'écria-t-elle, avant même qu'il ait eu le temps de faire sa demande.

Astok la regarda sombrement.

– C'est avec moi que vous vous marierez, Thuvia de Ptarth, gronda-t-il, ou bien par votre premier ancêtre, vous aurez ce que vous désirez : vous serez accouplée à un Grand-Singe !

La jeune fille ne répondit pas et il ne put tirer un seul mot d'elle, tout au long du voyage.

En fait, Astok était un tantinet surpris par les proportions que prenait le conflit provoqué par le rapt la princesse ; il n'était pas non plus tellement à l'aise devant le poids de responsabilité entraîné par la possession d'une telle prise.

Son intention était de mener Thuvia à Dusar et de se décharger de sa responsabilité sur son père. Dans l'intervalle, il prendrait le plus possible de précautions pour ne pas lui faire affront, au cas où il serait capturé et aurait à rendre compte du traitement qu'il infligeait à la fille de l'un des jeddak.

***

Ils finirent par parvenir à Dusar. Astok cacha sa prisonnière dans une chambre secrète, tout en haut de la tour Est de son propre palais. Il avait entretenu ses hommes dans une ignorance complète à propos de l'identité de la jeune fille, car depuis qu'il avait rencontré son père, Nutus jeddak de Dusar, il n'avait nulle intention que quiconque puisse avoir connaissance de l'identité de la personne cherchée et ramenée du Sud.

Mais, sitôt qu'il fût dans la salle du trône en présence du grand personnage aux lèvres minces et cruelles, il vit son courage fondre et n'osa plus parler de la princesse cachée dans son palais. Il trouva préférable de sonder au préalable les sentiments de son père à ce sujet. En conséquence il lui raconta une fable sur la capture de quelqu'un qui prétendait savoir où se trouvait la princesse de Ptarth.

– Et si vous l'ordonnez, sire, ajouta-t-il, j'irai et j'attirerai la princesse ainsi retrouvée, sous un prétexte quelconque, pour l'amener ici, à Dusar.

Nutus se frottait et hochait la tête, tout à la fois.

– Tu as déjà bien suffisamment fait pour mettre Ptarth, Kaol et Hélium contre nous, s'ils venaient à apprendre la part que tu as jouée dans le rapt de la princesse. Que tu aies pu incriminer dans cet enlèvement le prince d'Hélium a été une chance, en même temps d'une manœuvre de haute stratégie politique ; mais que la fille vienne à apprendre la vérité et puisse retourner à la cour de son père, alors tout Dusar devra payer chèrement ta faute. Quant à avoir chez nous une telle prisonnière ce serait un aveu de culpabilité dont rien ne pourrait nous sauver. Cela me coûterait le trône, Astok, et je n'ai nulle intention de le perdre !

Si nous l'avions ici en notre pouvoir... et le vieil homme tomba brusquement dans une profonde rêverie, répétant cette phrase une nouvelle fois et encore... Si nous l'avions ici, Astok, s'esclama-t-il d'un air méchant, ah, oui ! qu'elle soit là et que nul n'en sache rien ! Vois-tu un peu ce que nous pourrions faire ? La culpabilité de Dusar pourrait être enfouie à jamais avec ses os, conclut-il dans un sifflement sauvage à peine audible.

Astok, prince de Dusar frissonna.

C'était un faible en vérité, mais méchant également ; cependant la suggestion que les paroles de son père impliquait le glaça d'horreur.

***

Les gens de Mars sont cruels envers leurs semblables mais le mot ennemi n'implique que les hommes seulement. L'assassinat pur et simple ne se commet qu'entre mâles uniquement. De sorte que tuer une femme, même si elle est convaincue faire partir d'une bande d'assassins, susciterait une horreur sans borne à celui à qui on présenterait cela comme une simple possibilité.

Nutus resta apparemment indifférent à la réaction de son fils, scandalisé par cette idée. De sorte qu'il continua comme si de rien n'était :

– Tu dis avoir le moyen de savoir où cette fille se trouve cachée, depuis son enlèvement à Aanthor par des gens à notre solde ; si l'une des trois autres puissances venait à la découvrir, ses dires nons vérifiés seraient suffisants pour les retourner tous contre nous.

– Oui ! à bien y réfléchir, ajouta le vieux jeddak, il ne nous reste qu'un seul moyen : il faut retourner à l'endroit de sa cachette et l'amener jusqu'ici, en grand secret. Vas-y ! Et ne remets pas les pieds ici, avant d'avoir réussi, sous peine de mort !

Astok connaissait bien le caractère de son auguste père. Il savait qu'il n'y avait dans son cœur aucun élan de tendresse pour quiconque.

La mère d'Astok n'était qu'une esclave que Nutus n'avait jamais aimée, il n'avait jamais eu d'autres relations. Dans sa jeunesse, il avait essayé de se trouver une fiancée parmi les cours de plusieurs de ses puissants voisins, mais aucune femme n'en avait voulu.

Après qu'une douzaine de femmes de son rang aient déclaré préférer la mort plutôt que de l'épouser, il abandonna. C'est alors qu'il épousa légalement une de ses esclaves afin d'avoir un fils qui soit jeddak au milieu de tous les jeds, quand lui-même serait mort et qu'un nouveau jeddak serait choisi.

Astok se retira lentement, laissant là son père. Il était tout pâle et avait les jambes flageolantes, tout en traversant le palais pour regagner le sien. Depuis le jardin, son regard se porta sur le sommet de la grande tour qui culminait dans le ciel azuré.

***

A cette vue, la sueur perla à son front !

Par Issus ! Il n'y aurait donc aucune main qui puisse accomplir cette tâche infâme ! Il lui faudrait ôter cette vie qui lui était si chère, de ses propres mains : étrangler avec ses doigts crochus cette gorge parfaite, ou encore plonger la lame perfide dans ce cœur splendide.

Son cœur ! Ce cœur qu'il avait tant souhaité conquérir et voir partager son amour.

Oui ! mais en serait-il ainsi qu'il l'avait tant espéré ! il se rappela le rire dédaigneux qui avait accueilli sa déclaration d'amour. Ce souvenir le glaça d'abord, puis il devint brûlant de honte. Ses scrupules s'atténuèrent tandis que la satisfaction personnelle d'une revanche allait croissante, l'emportant sur les sentiments délicats qui l'avaient envahi pendant un moment. Les bons instincts hérités de sa mère esclave se trouvaient, une fois de plus, submergés, balayés par les mauvais éléments hérités de son auguste père ; malheureusement, il en était toujours ainsi.

Un froid et sinistre sourire remplaça la terreur qui avait d'abord dilaté ses yeux. Il tourna ses pas en direction de la tour, désirant revoir la fille, avant de s'embarquer dans le voyage qu'il était contraint d'organiser pour abuser son père et lui cacher qu'elle se trouvait déjà à Dusar.

Il franchit le passage secret et tranquillement, monta le sol plat qui spiralait en forme d'hélice, accédant à l'appartement où la princesse de Ptarth était emprisonnée.

***

Quand il entra dans la pièce, il vit la fille penchée sur le rebord de la fenêtre donnant sur l'orient. Elle regardait rêveusement par-dessus les toits de la ville, en direction de la lointaine Ptarth. Or, il détestait Ptarth et cette pensée le remplit de rage. Pourquoi ne pas en finir avec elle dès cet instant ?

Au bruit de ses pas, elle se retourna promptement vers lui. Ah ! comme elle était belle ! Sa subite résolution s'évanouit aussitôt devant la glorieuse grandeur de sa merveilleuse beauté. Finalement, il attendrait son retour du petit voyage de diversion, peut-être y aurait-il une autre solution qui se présenterait d'ici là ; ou alors trouverait-il une autre main pour donner le coup fatal.

Avec ce visage et de tels yeux devant lui, il ne pourrait le faire lui-même, cela ne faisait aucun doute. Il s'était toujours complu dans le côté cruel de sa nature mais par Issus, il ne pouvait assumer cette cruauté-là. Il lui faudrait trouver quelqu'un d'autre, en qui il puisse avoir confiance.

Il la contemplait tandis qu'elle se tenait devant lui, croisant son regard calmement et sans crainte. Il sentait les feux de sa passion le reprendre et croître sans cesse, de plus en plus fort.

Pourquoi ne pas tenter sa chance une nouvelle fois ? si elle acceptait enfin, tout pourrait encore s'arranger. Si son père ne pouvait être fléchi et persuadé, ils pouvaient s'enfuir par la voie des airs vers Ptarth, rejetant tout le blâme sur son père, seul coupable des intrigues et des fourberies qui avaient jeté quatre grandes nations dans la guerre. Personne ne viendrait jeter le doute sur la justesse de cette accusation dont il chargerait les épaules paternelles ?

– Thuvia, dit-il, je viens encore une fois, et c'est la dernière, déposer mon cœur à vos pieds. Ptarth, Kaol et Dusar se battent contre Hélium à cause de vous. Épousez-moi Thuvia et tout rentrera dans l'ordre, comme cela aurait dû toujours être.

La fille secoua la tête.

– Attendez ! ordonna-t-il avant qu'elle ait eu le temps de prendre la parole, sachez la vérité avant de prononcer des paroles qui pourraient sceller, non seulement votre destin, mais celui des milliers d'hommes qui combattent pour vous. Refusez de m'épouser volontairement et Dusar risque d'être réduit à l'état de désert. Cela pourrait très bien être le cas aussi de Ptarth, de Kaol et d'Hélium. Nos cités seraient rasées, ne laissant pas une seule pierre ; nos peuples seraient dispersés sur toute la surface de Barsoom, d'un pôle glacial à l'autre, les pourchassant et les massacrant jusqu'à ce qu'il ne reste de ces grandes nations qu'une mémoire exécrée chez nos descendants.

Mais, tandis qu'ils accompliront ce vilain travail contre les Dusariens exterminés, un nombre incalculable de vos propres guerriers périra. Tout cela à cause de l'obstination irréfléchie d'une seule femme qui n'aura pas voulu épouser le prince qui l'adorait.

Maintenant refusez Thuvia de Ptarth, et il ne restera plus qu'une seule chose à faire de cette seconde alternative : personne ne connaîtra jamais ce qu'il est advenu de vous. Seule une poignée de partisans, autour de mon auguste père et moi-même, savons que vous avez été enlevée des jardins de Thuvan Dihn par Astok, prince de Dusar et que vous êtes aujourd'hui prisonnière dans mon palais.

Refusez, Thuvia de Ptarth et il vous faudra mourir pour sauver Dusar, il n'y a pas d'autre moyen. Nutus, le jeddak en a ainsi décidé. J'ai dit !

***

La jeune fille resta un très long moment à réfléchir, faisant toujours face à Astok de Dusar. Puis, elle parla. Bien que ses paroles soient rares, le ton sans passion qu'elle employa était empreint d'un mépris glacial d'une insondable profondeur.

– Pire que vous ! qu'il survienne tout ce que vous avez annoncé, dit-elle.

Sur ce, elle lui tourna le dos et retourna face à la fenêtre donnant vers l'orient, reprenant sa rêverie avec des yeux remplis de tristesse, en direction de la lointaine et bien-aimée Ptarth.

Astok tourna les talons et quitta la pièce, pour revenir un moment après avec de la nourriture et de quoi boire.

– Voilà ! dit-il, toute votre subsistance jusqu'à ce que je revienne. La prochaine personne qui entrera dans cette pièce sera votre bourreau. Recommendez-vous à vos ancêtres, Thuvia de Ptarth, car dans quelques jours, vous serez avec eux.

Sur ces mots, il partit.

***

Une demi-heure après, il interrogeait un officier de haut grade de la marine aérienne de Dusar.

– Où donc se trouve Vas Kor ? demanda-t-il. Il n'est pas dans son palais.

– Il est parti vers le sud, jusqu'au grand canal qui borde Torquas, répondit l'interpelé. Son fils Hal Vas est dwar de la grande voie de cette région et de cette manière Vas Kor en profitera pour engager des recrues parmi les travailleurs des fermes environnantes.

– Bon ! s'exclama Astok. Moins d'une heure après, il s'élevait au-dessus de Dusar dans l'appareil le plus rapide.

CHAPITRE XIII

Turjun, le panthan

Carthoris ne laissa rien paraître de la vive émotion qui s'empara de lui à la nouvelle, donnée par Hal Vas, qu'Hélium se trouvait en guerre avec Dusar, d'autant plus que le hasard l'envoyait précisément au service de l'ennemi. Il en était tout retourné, envahi par une émotion sans borne.

D'un côté, le fait de pouvoir profiter de l'occasion ainsi donnée pour œuvrer au seul profit d'Hélium compensant largement le chagrin éprouvé de ne pas combattre au vu et au sus de tous, à la tête de ses propres troupes, si loyales.

Évidemment, il pouvait être excessivement simple de s'échapper de l'emprise des Dusariens ; mais ce pouvait être aussi terriblement difficile car la fidélité d'un panthan enrôlé d'office est toujours sujette à caution. Il pouvait très bien ne jamais trouver une occasion de tromper leur vigilance jusqu'à la fin de cette guerre, laquelle pourrait durer aussi bien dix jours que des années d'une lutte féroce et particulièrement sanglante, des plus pénibles.

Et de se remémorer l'histoire de ces guerres dont les interminables opérations militaires avaient été menées sans interruption, durant cinq, six siècles. Il y avait même, sur Barsoom des nations avec lesquelles Hélium était restée indéfiniment en état de belligérance tout au long de l'histoire de l'humanité martienne !

Bref, les perspectives étaient loin d'être réjouissantes. Carthoris ne pouvait deviner que sa présence serait une véritable providence quelques heures seulement après ! Fort heureusement, il s'était trouvé que la destinée l'envoie au « service » de Dusar.

***

– Ah ! s'exclama Hal Vas, voilà mon père, qui arrive ! Kaor ! Vas Kor ; il y a ici quelqu'un qui sera content de te rencontrer... un preux panthan... et il s'arrêta marquant une légère attente :

– Turjun ! s'empressa de lancer Carthoris, saisissant le premier nom qui lui était passé par l'esprit.

Tout en parlant ainsi, son regard vint se poser furtivement sur l'individu de grande taille faisant son entrée ; il avait déjà vu quelque part cette grande silhouette – presque un géant – d'allure taciturne, avec une balafre blême, de la tempe à la bouche, souvenir d'un vieux coup d'épée.

Vas Kor ? se répétait-il mentalement. Vas Kor ? où donc ai-je eu l'occasion de rencontrer cet homme ?

Quand le noble eut pris la parole, un éclair jaillit dans l'esprit de Carthoris : ce serviteur sur l'aire d'atterrissage de Ptarth, la fois où il était venu expliquer à Thuvan Dihn les arcanes de son nouveau compas ! Et aussi l'esclave solitaire qui était de garde dans le hangar, la nuit de son malencontreux départ pour ce voyage néfaste en direction de Ptarth... cette randonnée si mystérieusement transformée en sévère odyssée à Aanthor !

– Vas Kor, reprit-il à haute voix, béni soit votre ancêtre pour cette rencontre ! Le Dusarien ne décela pas la dose d'ironie que contenait cette formule, usuelle chez tout Barsoomien quand il accueille un nouveau personnage dont il fait connaissance.

– Et que les tiens le soient, également, ajouta Vas Kor machinalement.

Puis vint la présentation à Vas Kor de Kar Komak ; c'était à Carthoris de le faire et il lui vint spontanément une idée pour expliquer qu'il avait la peau blanche et les cheveux roux. Il n'était évidemment pas question de dire la vérité qui n'aurait pas été crue et aurait jeté la suspicion sur eux, dès le commencement.

– Kar Komak, expliqua-t-il, est comme vous le constatez, un Thern, venu en errant pour chercher aventure très loin des temples à la lisière des glaces de la banquise sud. Je l'ai rencontré dans les fosses d'Aanthor et, bien que je ne le connaisse que depuis peu, je suis en mesure de vous garantir sa loyauté et sa bravoure.

Il faut dire, que depuis la destruction de cette fabrique de superstitions et de fausse religion par John Carter, la majorité des Therns avaient accepté avec joie le nouvel ordre de choses. Aussi n'était-il pas rare de les voir se mélanger à la multitude des hommes rouges, dans les diverses grandes villes du monde extérieur : Vas Kor n'éprouva donc aucun étonnement et n'exprima aucun doute, même léger.

Tout au long de l'interrogatoire, Carthoris se tint aux aguets, comme un chat, pour juger si Vas Kor reconnaissait en lui – panthan tout décrépit – le glorieux et prestigieux prince d'Hélium. Les nuits passées sans sommeil, les longues et harassantes journées passées à marcher inlassablement, les combats multiples, les blessures et le sang séché suffisaient amplement pour effacer toute trace de sa superbe d'autrefois ; et puis, Vas Kor ne l'avait vu que deux fois de toute sa vie, brièvement. Il n'était donc pas tellement étonnant qu'il ne l'ait pas reconnu.

***

Le soir même, Vas Kor annonça qu'il partirait vers le Nord, en direction de Dusar, recruter des volontaires au fur et à mesure de sa progression ; il comptait partir tôt dans la matinée.

De fait, un grand navire se trouvait dans un champ, juste derrière la maison ; c'était un croiseur-transport de troupes de vaste dimension, qui pouvait recevoir un grand nombre d'hommes, tout en étant rapide et bien armé. Carthoris y passa la nuit ainsi que Kar Komak, en compagnie d'autres recrues, sous la garde des guerriers de l'armée régulière dusarienne.

Vas Kor revint de la demeure de son fils aux environs de minuit et regagna aussitôt sa cabine. Carthoris était de garde, avec un Dusarien. L'Héliumite eut du mal à réprimer un froid sourire quand le noble vint passer à trente centimètres tout au plus de lui ; oui ! moins d'un demi-mètre de sa lame longue et fine, qui pendait et oscillait dans son harnais.

Quelle tentation et comme il aurait été facile de venger le tour de lâche qui lui avait été joué : la vengeance d'Hélium, Ptarth et Thuvia !

Mais sa main ne s'éleva point vers la garde de la dague car Vas Kor pouvait servir à une meilleure fin : savoir où Thuvia de Ptarth était cachée, maintenant, et s'il était exact que c'était des Dusariens qui pilotaient l'appareil venu se poser pendant le combat devant Aanthor.

Au cas où il en aurait bien été ainsi, c'est qu'ils étaient les instigateurs de cette sinistre comédie. Alors, il se devait de jouer finement la partie jusqu'au moment favorable. Or, qui mieux que Vas Kor était susceptible de mener le prince d'Hélium à Astok de Dusar ?

La nuit régnait encore quand un léger bruit de moteur parvint aux oreilles de Carthoris. Il jeta alors un coup d'œil circulaire dans le ciel.

C'était exact : loin dans le nord, à peine esquissé sur le vide obscur qui s'étendait par-derrière et jusqu'à l'infini, la faible lueur d'un navire, tous feux éteints, se devinait plus qu'elle ne se voyait vraiment dans le ciel septentrion.

Carthoris ne donna pas de signe d'alerte, ignorant si cet appareil était ami ou ennemi de Dusar. Au contraire, il détourna son regard dans une autre direction, laissant le soin de le détecter à l'autre dusarien qui assurait la garde avec lui.

Subitement, son compagnon découvrit également le navire et il actionna le signal d'alarme qui réveilla le reste de l'équipage de garde ainsi qu'un officier, les faisant sortir prestement de leurs soieries doublées de fourrures étendues sur le pont du navire.

Le croiseur de transport était posé sans qu'aucun feu de position ne le signale à un arrivant éventuel. Posé, invisible, à même le sol comme il l'était, il aurait dû rester totalement ignoré de l'appareil arrivant, lequel se révélait être un vaisseau encore assez petit, vue la distance à laquelle il était.

Il devint vite évident que l'étranger avait l'intention d'atterrir, car il spiralait lentement, descendant de plus en plus bas dans une succession de courbes gracieuses.

– C'est le *Thuria,* souffla l'un des guerriers dusariens ; je le reconnaîtrais dans l'obscurité totale d'un puits, entre mille autres appareils !

– C'est parfaitement exact ! confirma Vas Kor qui venait de monter sur le pont. Puis il héla :

– Kaor, *Thuria !*

– Kaor ! parvint une voix, après un moment de silence. Puis : quel vaisseau ?

– Le croiseur-transporteur *Kalksus,* avec Vas Kor de Dusar à bord.

– Bien ! reprit la voix venant d'en haut. Y a-t-il un bon endroit où nous pouvons nous poser ?

– Oui ! venez sur tribord : mais attendez, nous allons vous montrer où nous sommes en allumant momentanément nos lumières ! Un moment après, le petit vaisseau se plaça près de l'autre, ses phares allumés, puis il les éteignit une nouvelle fois.

Plusieurs silhouettes se détachèrent et glissèrent des côtés du *Thuria* pour gagner le *Kalksus.* Toujours très soupçonneux les Dusariens se tinrent prêt à recevoir les visiteurs amis ou ennemis, ce qu'une inspection détaillée, seule, pourrait déterminer.

***

Carthoris se tenait contre le bastingage, prêt à prendre le parti des nouveaux arrivants, s'il le fallait.

Ils pouvaient bien être des Héliumites jouant la comédie à l'égard du navire dusarien. Il l'avait fait, pour sa part, plusieurs fois et savait une telle ruse parfaitement possible.

Mais le visage du premier homme à débarquer et passer la lisse lui procura une vive déception, un choc même, car c'était le plus déplaisant qu'il puisse y avoir pour lui : c'était Astok, prince de Dusar.

***

Dédaignant jeter le moindre regard aux hommes présents sur le pont du *Kalksus*, Astok se précipita en avant, pour recevoir les hommages de Vas Kor ; puis il s'empressa de descendre avec lui dans les profondeurs du vaisseau.

Les officiers et les hommes récupérèrent leurs couvertures et, une nouvelle fois, le pont se trouva désert, à l'exception du guerrier dusarien et de Turjun, le panthan, qui reprirent leur garde.

Ce dernier allait et venait ; quant au premier il se penchait au-dessus de la rambarde, attendant avec impatience le moment de la relève qui lui apporterait un peu de répit. Il ne vit donc pas son compagnon approcher des lumières de la cabine de Vas Kor et, non plus, coller l'oreille contre un petit manchon d'air.

– Que les Singes-Blancs nous mangent tous, s'écria sombrement Astok, si nous ne sommes pas dans un pétrin invraisemblable, tel que vous n'en avez jamais encore vu ! Nutus croit qu'elle est dissimulée très loin de Dusar et il m'a ordonnée de la ramener au plus tôt !

Il s'interrompit. Personne n'aurait jamais dû entendre de sa bouche un tel aveu et ce qu'il essayait de dire : cela aurait dû rester le secret absolu de Nutus et Astok, la sécurité d'un trône en dépendait directement !

Détenteur d'un tel secret, n'importe quel homme aurait eu barre sur le jeddak de Dusar lui-même, quelles que fûssent ses prétentions.

Mais Astok avait peur et il voulait s'appuyer sur cet homme d'âge, attendant de lui un conseil quelconque ; aussi allait-il de l'avant.

– Je dois la tuer, murmura-t-il en regardant craintivement tout autour. Nutus désire simplement voir le corps pour être certain que ses ordres ont bien été exécutés. Je suis supposé être venu à l'endroit où nous l'aurions séquestrée à l'insu de tous et la ramener en grand secret à la capitale. Bien sûr, personne ne doit jamais savoir qu'elle a été sous la garde de quelqu'un de chez nous : je n'ai pas besoin de vous expliquer ce qu'il adviendrait de Dusar si Ptarth, Hélium et Kaol venaient à connaître la vérité.

***

Celui qui écoutait, à l'autre bout de la bouche d'air, serra ses mâchoires à les briser ; il n'avait d'abord fait que soupçonner quel était l'objet de la conversation ainsi que l'identité de la personne impliquée. Maintenant, il savait ! Et ils parlaient de la tuer ! Ses doigts puissants se serrèrent tant que les ongles pénétrèrent dans la paume !

– Et vous désirez que je vous accompagne durant votre retour avec elle jusqu'à Dusar, ajouta Vas Kor. Où est-elle ?

Astok se pencha près de son interlocuteur et lui murmura quelque chose à l'oreille. Une esquisse de sourire traversa le visage cruel de Vas Kor réalisant sur le champ tout le pouvoir qui tombait entre ses mains : aucun doute, il pouvait être jed à brève échéance.

– Et de quelle manière pourrai-je vous aider, mon prince demanda le vieil homme, d'un ton particulièrement suave.

– Jamais je ne pourrai la tuer moi-même assura alors Astok. Par Issus ! je ne pourrai pas le faire : quand elle tourne ses beaux yeux vers moi, mon cœur fond comme neige au soleil !

Les yeux de Vas Kor se rétrécirent.

– Et vous souhaitez..., il s'interrompit, sa question inachevée et cependant complète.

Astok hocha la tête, ajoutant :

– Vous ne l'aimez pas, vous !

– Sans doute, mais je tiens à ma peau – bien que je sois un noble de petite qualité.

– Vous serez un noble de la plus haute condition, un noble de premier rang ! s'exclama Astok.

– J'aimerais bien être jed, dit alors Vastok brutalement.

Astok hésita.

– Il faut qu'un jed meure avant de pouvoir en nommer un autre à sa place ! plaïda-t-il.

– Les jeds sont mortels, aboya l'autre. Il ne vous serait certainement pas bien difficile d'en trouver un que vous n'aimez guère... il y en a tellement qui ne vous aiment pas !

Vas Kor commençait déjà à prendre l'ascendant sur le prince. Ce dernier, rapide d'esprit, nota immédiatement le subtil changement d'attitude de son lieutenant à son égard. Aussi, un plan rusé jaillit de sa cervelle démoniaque.

– Mais oui ! Vas Kor, s'exclama-t-il : vous serez jed sitôt la chose faite, ajoutant pour lui : non ! il est certain que je trouverai sans peine un jed que je n'aime pas !

– Et quand donc allons-nous retourner à Dusar ? demanda le noble.

– De suite ! répondit Astok. Nous pouvons partir immédiatement – rien ne vous retient ici ?

– J'avais l'intention de voguer dès la matinée pour ramasser les recrues que les différents dwars des Routes ont réuni à mon intention pour les ramener à Dusar.

– Les recrues attendront, répondit Astok. Mieux encore, revenez avec moi à Dusar, sur le *Thuria* et laissez le *Kalksus* continuer sa course et ramasser les conscrits.

– C'est vrai ! acquiesça Vas Kor : ce plan est excellent : allons-y, je suis prêt. Et il se leva pour accompagner Astok sur son appareil personnel.

***

Carthoris ayant surpris toute cette conversation par le manchon d'aération, se remit sur ses pieds, marchant d'un air accablé, comme l'aurait fait un vieillard, le visage défait et extrêmement pâle sous le rouge de son teint naturel, rappelant le cuivre. Il lui semblait être à l'agonie et sans aucune ressource pour éviter la tragédie qui se tramait. Il ne savait même pas où Thuvia se trouvait emprisonnée.

Venant de leur cabine, les deux hommes montèrent sur le pont. Turjun, le panthan se trouvait pratiquement sur leur passage, ses doigts recourbés caressant la garde de son poignard. Allait-il les tuer tous les deux avant d'être submergé par la masse ? Il sourit, se sentant parfaitement capable d'affonter un utan entier d'ennemis dans l'état d'esprit où il se trouvait.

Ils étaient pratiquement au contact avec lui et Astok parlait.

– Désignez deux de vos hommes pour vous accompagner, Vas Kor, disait-il, nous sommes un peu à court d'effectif à bord, tant notre départ à été précipité.

Les doigts du panthan lâchèrent le pommeau de la dague car son esprit des plus prompts avait aussitôt échafaudé un plan susceptible de porter secours à Thuvia. Il pouvait très bien être choisi pour accompagner ces deux assassins et, une fois révélé où était exactement la captive, il pourrait trucider Astok et Vas Kor aussi bien qu'à présent. Les exécuter sur le champ, c'était la condamner à une mort certaine entre les mains d'autres assassins, car tôt ou tard, Nutus apprendrait forcément où elle se trouvait et le jeddak de Dusar ne pourrait souffrir qu'elle vive un instant de plus.

Turjun se mit en travers du chemin emprunté par Vas Kor, de manière à ce que ce dernier ne puisse manquer de le voir. Le noble se mit en mesure de réveiller les hommes endormis sur le pont, mais l'étrange panthan qu'il avait recruté ce jour même était toujours devant lui, trouvant sans cesse le moyen de le précéder.

Vas Kor se retourna alors vers le lieutenant et lui donna les instructions nécessaires pour ramener le *Kalksus* à Dusar après avoir collecté tous les volontaires ; puis il fit signe aux deux hommes qui se trouvaient juste derrière le padwar.

– Vous deux, suivez-nous à bord du *Thuria* et mettez-vous à la disposition de son dwar.

Le pont du *Kalksus* était plongé dans l'ombre de sorte que Vas Kor n'avait pas une vision très nette de la physionomie de ceux qu'il avait désignés ; mais c'était sans importance car ce n'était que deux soldats ordinaires, pour l'assister dans les tâches courantes et pour combattre, au besoin.

L'un d'eux était Kar Komak, l'archer ; mais l'autre n'était pas Carthoris !

Ce dernier en était malade de dépit ! Il avait à moitié sorti la dague de son fourreau suspendu au harnais. Mais Astok ayant déjà quitté le pont du *Kalksus*, il savait qu'il ne pourrait plus l'atteindre, à supposer qu'il parvienne à tuer Vas Kor car les soldats dusariens étaient maintenant nombreux sur le pont et ne manqueraient pas de le tuer promptement avant. Et l'un des deux survivant, Thuvia courait un immense danger : il fallait exécuter les deux à la fois !

Vas Kor descendit à terre pour gagner le *Thuria* et, Carthoris le suivit résolument sans que quiconque ne l'en empêche, tous les témoins certainement persuadés qu'il était de ceux désignés pour accompagner le personnage. Il était suivi de Kar Komak ainsi que l'autre guerrier dusarien qui, lui, avait été désigné. Carthoris marchait tout près de lui, à sa gauche et ils parvinrent rapidement dans la zone d'ombre projetée par le Thuria. Il faisait très sombre à cet endroit, tellement qu'il leur fallait tâtonner pour trouver l'extrémité de l'échelle par laquelle grimper.

Kar Komak monta, précédant le Dasarien ; celui-ci saisit les barreaux inférieurs afin de prendre l'échelle à son tour. Mais, il n'eut pas le temps d'en faire davantage car des doigts d'acier lui enserraient la trachée artère pendant qu'une lame d'acier lui transperçait le cœur.

Turjun, le panthan, fut le dernier à grimper à bord du *Thuria* relevant derrière lui l'échelle de cordes aux barreaux de fer.

Un instant après le vaisseau montait rapidement, le cap au nord.

L'archer Kar Komak se tenait à la rambarde et il se retourna pour parler au guerrier, avec qui il avait été désigné. Ses yeux s'agrandirent de stupéfaction en reconnaissant le jeune homme qu'il avait rencontré au pied des falaises de granit gardant la mystérieuse Lothar ? Comment avait-il pris la place du soldat dusarien ?

Un léger signe de reconnaissance et Kar Komak se détourna à nouveau, afin de trouver le dwar du Thuria et prendre ses ordres : le panthan le suivit.

Carthoris se félicitait du hasard qui avait fait que Vas Kor choisisse l'archer parmi tout autre Dusarien car il aurait fallu fournir des réponses suffisantes au guerrier qui se trouvait maintenant gisant paisiblement dans les champs, derrière la résidence de Hal Vas, dwar de la Route du Sud. Or, Carthoris n'avait d'autre réponse que celle donnée par la pointe de son épée, probablement insuffisante pour convaincre la totalité de l'équipage du *Thuria !*

***

Carthoris trouva le voyage vers Dusar interminable tellement son impatience était grande ; mais, en fait, il s'effectua très rapidement ! Un peu avant d'atteindre leur destination, il eut l'occasion de rencontrer un guerrier dusarien et de pouvoir lui parler : il apprit ainsi qu'une grande bataille se préparait au sud-ouest de la capitale.

La flotte unie des forces de Dasar, Ptarth et Kaol avait été interceptée lors de son approche d'Hélium par sa formidable flotte. C'était la plus puissante de Barsoom, non seulement en nombre et en armement, mais aussi quant à l'entraînement, le courage de ses officiers et de leurs équipages. Et la taille monstrueuse de ses aéronefs, de proportions zitidarique !

La bataille devait se dérouler dans moins d'un jour : quatre jeddaks commandaient personnellement leur flotte : Kulan Tith pour Kaol, Thuvan Dihn de Ptarth et Nutus de Dusar constituaient le premier camp : leur était opposé Tardos Mors, jedak d'Hélium auquel était adjoint John Carter, Seigneur de Guerre de Mars.

Devait se joindre une autre flotte venant du nord, d'au-delà les barrières de la banquise : la nouvelle flotte de Talu, jeddak d'Okar, venant à la rescousse, à la demande du Seigneur de Guerre. Sur les ponts de ces sinistres navire de guerre, les fiers Hommes Jaunes à la barbe noire regardaient avec insistance vers le sud. Ils étaient splendides dans leurs manteaux d'orluk et d'apt : c'était de formidables combattants venant des maisons tièdes du glacial pôle Nord.

D'autres milliers d'esquifs de guerre venaient également mais en sens inverse, puisque du pôle Sud, depuis les falaises d'Or, les temples des Therns et les parcs somptueux de l'ancienne Issus. Là également, ils venaient à l'appel du grand homme qui leur avait appris à respecter l'amour du prochain, dans un sens comme de l'autre.

Le navire amiral, battant pavillon de toute la flotte – la seconde en importance sur Barsoom, après celle d'Hélium – conduisait celle-ci avec, à son bord le chef quasi-divin, un superbe Noir d'ébène, jeddak des Premiers-Nés dont le cœur battait fort en attendant le moment imminent de lancer ses équipages sauvages et le poids de ses énormes vaisseaux au service du Seigneur de Guerre.

La seule question qui se posait encore était : la flotte atteindrait-elle le théâtre des opérations à temps pour aider Hélium ? Hélium aurait-elle besoin d'elle ?

***

Pour le moment, Carthoris ne faisait qu'entendre lazzis et cancans lancés par les autres membres de *Thuria*. Personne n'avait connaissance des deux flottes qui venaient des deux Pôles, en tenailles, pour soutenir Hélium. Tous, à Dusar étaient persuadés que rien ne pourrait sauver la puissance d'Hélium et qu'elle serait balayée à jamais dans les airs de Barsoom.

Carthoris également, tout fils loyal d'Hélium qu'il était, avait le sentiment que sa flotte bien-aimée ne faisait pas le poids devant la coalition des trois puissances et redoutait cet affontement.

Le *Thuria* touchait maintenant l'étage d'atterrissage du palais d'Astok. Le prince et Vas Kor débarquèrent à toute allure et entrèrent aussitôt dans l'ascenseur menant aux niveaux inférieurs de l'édifice.

Tout à côté, il y avait un monte-charge utilisé par les soldats. Carthoris prit le bras de Kar Komak :

– Viens ! lui souffla-t-il ; tu es mon seul ami au milieu de toute cette nation ennemie. M'aideras-tu ?

– Jusqu'à la mort ! répondit Kar Komak.

Tous deux approchèrent de la plate-forme ascensionnelle. Elle était actionnée par un esclave.

– Où sont vos ordres de mission ? demanda-t-il.

Carthoris se mit à farfouiller dans le sac qui pendait à son harnais, comme s'il le cherchait et, en même temps, il pénétra dans la cabine, Kar Komak le suivit et referma la porte derrière eux. L'esclave n'actionna pas le levier assurant la descente. Chaque seconde comptait : il leur fallait atteindre le niveau inférieur le plus vite possible, dès qu'Astok et Vas Kor y seraient eux-mêmes afin de savoir où ils se rendaient exactement.

Carthoris se tourna tout d'un coup vers l'esclave en le projetant avec une violence inouïe de l'autre côté de la cabine.

– Ligote-le et bâillonne-le, Kar Komak ! lui intima-t-il.

Puis, se saisissant du levier, il fit descendre la cage à une allure qui donnait la nausée, pendant que l'archer ficelait l'esclave. Carthoris ne pouvait l'aider, pour ne pas abandonner la manette, car il fallait veiller à ne pas venir heurter le sol à cette vitesse-là, en bas de course, sous peine d'être écrasés et de trouver ainsi une mort instantanée.

Il pouvait apercevoir maintenant, un peu au-dessous, le sommet de la cabine d'Astok qu'il rattrapait, descendant plus lentement dans le puits parallèle au leur. Il réduisit la vitesse en conséquence, l'égalisant avec l'autre. L'esclave se mit à rugir malgré son baillon.

– Réduis-le au silence ! commanda Carthoris.

Un instant après, un être informe vint s'écrouler sur le plancher de l'ascenseur.

– Voilà ! il est silencieux, ironisa férocement Kar Komak.

Carthoris arrêta subitement la cage à l'un des niveaux supérieurs du palais. Ouvrant la porte, il prit la forme recroquevillée de l'esclave et la poussa sur le palier. Puis, il fit claquer la porte et reprit la course descendante.

Il rattrapa à nouveau le sommet de la cabine d'Astok et de Vas Kor.

Un instant plus tard ils stoppèrent et, amenant prudemment sa plate-forme au dernier niveau, il vit les deux hommes disparaître par l'un des couloirs donnant dans le vestibule d'arrivée des ascenseurs.

CHAPITRE XIV

Le sacrifice de Kulan Tith

Au matin de son second jour d'incarcération dans la tour est du palais appartenant au prince Astok, Thuvia attendait la venue de son assassin, seule avec elle-même et ses sombres pensées.

Elle avait épuisé toute possibilité de s'échapper, explorant attentivement la porte et les fenêtres, sondant le plancher et les murs.

Les solides dalles d'ersite ne se laissaient même pas égratigner ; les rudes vitres de glace barsoomienne n'auraient pu être brisées que par une lourde masse de forgeron manipulée par un colosse. La porte et sa serrure étaient inexpugnables. Non ! il n'y avait aucun espoir de fuite. Et on lui avait enlevé toutes ses armes afin qu'elle ne puisse anticiper l'heure de son exécution, lui ôtant de la sorte la satisfaction ultime de choisir librement l'instant de ses derniers moments.

Quand viendrait-il ? Astok porterait-il l'ultime coup de ses propres mains ? Elle doutait qu'il en ait le courage. C'était un lâche : elle l'avait su dès sa visite au palais de son père, quand il s'était vanté de ses actes de bravoure essayant manifestement de l'impressionner par sa valeur supposée.

Elle ne pouvait s'empêcher de le comparer à un autre. Et à qui donc une future femme, fiancée, pouvait-elle comparer un soupirant éconduit sinon à celui qu'elle allait épouser ? Mais Thuvia jaugeait-elle Astok de Dusar en le mesurant aux standards de Kulan Tith, jeddak de Kaol ?

Elle était sur le point de mourir ; ses ultimes pensées étaient en vérité bien loin d'Astok de Dusar et de Kulan Tith. C'est la silhouette grande et agréable de l'Héliumite qui remplissait son esprit, chassant au loin toute autre idée. Elle rêvait de son noble visage, la tranquille dignité de son port, le sourire qui illuminait son regard quand il conversait avec ses amis et le sourire qui se dessinait sur ses lèvres lors de ses combats – le fameux sourire paternel de son seigneur de père.

***

Thuvia de Ptarth – en vraie fille de Barsoom – sentit son cœur cogner et son souffle s'accéléra quand la mémoire lui retraça l'autre sourire – celui qu'elle ne reverrait sans doute jamais plus. Elle s'abîma en réprimant un demi-sanglot dans la profusion de soies et de fourrures éparpillées sur le sofa, tout près de la fenêtre donnant à l'orient, en se cachant la tête entre les bras.

De l'autre côté, dans le corridor, deux hommes s'étaient arrêtés et discutaient âprement.

– Je vous affirme, Astok, disait l'un d'eux, que je ne le ferai pas si vous n'êtes pas présent dans la pièce.

Il y avait vraiment peu de respect dû à la qualité royale de son interlocuteur, dans le ton employé par cette voix. D'ailleurs, l'interpellé rugit fortement.

– N'abusez pas trop de mon amitié à votre égard, Vas

Kor, dit-il alors d'un ton cinglant : ma patience a ses limites.

– Il n'est pas question ici de prérogatives royales, répliqua Vas Kor. Vous me demandez de me transformer en assassin, pour vous complaire et sur l'ordre strict de votre père : aussi n'êtes-vous pas en position de me dicter mes formes de respect. Il serait beaucoup plus raisonnable d'accéder à ma requête : que vous soyez présent, partageant ainsi la complicité : pourquoi devrais-je supporter tout le poids de ce forfait ?

Le jeune homme fronça les sourcils mais avança vers la porte verrouillée et, quand elle pivota sur ses gonds, il pénétra dans la pièce aux côtés de Vas Kor.

Du côté opposé de la pièce, la jeune femme se leva, et leur fit face. Elle pâlit légèrement sous le teint cuivré qui était le sien ; mais son regard restait hardi et digne, la position levée de son menton dénotant tout son mépris et sa répugnance.

– Préférez-vous toujours la mort ? demanda Astok.

– A *vous ?* certainement ! répondit-elle d'un ton glacial.

Le prince de Dusar se retourna vers Vas Kor et fit un mouvement de tête. Le noble tira alors sa courte épée et traversa la pièce en direction de la jeune fille.

– A genoux ! intima-t-il.

– Je préfère mourir debout ! répliqua-t-elle.

– Comme vous voulez ! acquiesça Vas Kor, en éprouvant la pointe de son épée du pouce gauche. Au nom de Nutus, jeddak de Dusar ! cria-t-il, et il se précipita sur elle.

– Au nom de Carthoris, prince d'Hélium ! répondit une voix basse venant de la porte.

***

Vas Kor se retourna et vit le panthan qu'il avait recruté chez son fils bondir sur le plancher dans sa direction. L'individu frôla Astok en lui décochant :

– Ton tour viendra après... espèce de calot !

– Vas Kor pivota sur les talons pour faire face à l'assaillant.

– Que signifie cette trahison ? s'écria-t-il.

Astok, l'épée dégainée, vola au secours de Vas Kor. L'épée du panthan vint tinter contre celle du noble et, dès l'abord, à la première passe, Vas Kor comprit qu'il avait affaire à un maître des armes.

Il n'avait pas très bien compris quelle tactique son adversaire avait adoptée : l'homme s'était interposé entre Thuvia et les deux épées dusariennes. Mais lui n'était nullement à l'abri ! Il n'arrêtait pas d'attaquer et, tout en la protégeant de sa lame infatigable, toujours entre elle et les attaquants, il n'arrêtait pas de lui donner les indications pour qu'elle se mette sans cesse par derrière quelle que soit la position qu'il prenait dans la chambre.

Ni Astok ni Vas Kor ne purent imaginer ce que le panthan préparait et ils ne le comprirent que trop tard : il se tenait le dos à la porte et ils réalisèrent alors qu'il les avait pris à leur propre piège. Ils étaient maintenant à la merci de l'assaillant qui demanda à Thuvia de refermer la porte à clé.

Astok – à son habitude, d'ailleurs – voyant qu'il n'arrivait pas à avoir raison de son adversaire par les armes, avait de plus en plus tendance à s'en remettre à l'habileté de Vas Kor ; il en profita pour examiner plus attentivement les traits du panthan et ses yeux s'agrandirent au fur et à mesure que l'évidence s'imposait : c'était le prince d'Hélium qui était là, devant eux !

L'Héliumite pressait Vas Kor de plus en plus près. Ce dernier saignant abondamment par une dizaine de blessures sentait qu'il ne pourrait pas résister beaucoup plus longtemps à de tels assauts.

– Courage Vas Kor ! lui souffla à l'oreille le prince de Dusar ; tenez encore un moment et tout ira bien. C'est du moins les paroles qu'il prononça, se gardant bien d'ajouter « pour Astok, prince de Dusar », précision qu'il garda pour lui.

Vas Kor, ne décelant pas la trahison que l'autre tramait, opina du chef et, rassemblant toutes ses forces, il parvint à contenir un peu Carthoris.

Ce dernier et Thuvia virent alors le prince dusarien courir rapidement vers le côté opposé de la pièce, appuyer sur une partie du mur et disparaître rapidement, en franchissant un seuil momentanément ouvert.

***

Cela s'était fait si promptement qu'il fût impossible de l'empêcher. Craignant que Vas Kor n'en fasse de même, ou bien qu'Astok ne revienne avec des renforts, Carthoris redoubla ses prouesses et un instant après, la tête de son adversaire roulait sur le sol d'ersite, le corps décapité s'écroulant presque en même temps.

– Venez vite ! cria Carthoris à Thuvia ; il n'y a pas un instant à perdre. Astok va revenir avec suffisamment de soldats pour m'accabler sous le nombre.

Mais ce n'était pas du tout le plan du prince car d'aussi nombreux témoins signifiait à coup sûr que les informations se diffuseraient rapidement dans tout le palais ; les ragots iraient immanquablement de toutes parts, selon quoi la princesse de Ptarth était prisonnière dans la tour est du palais. Son père le saurait rapidement. Aucun mensonge ni aucune falsification ne pourraient oblitérer les investigations du jeddak cherchant à faire la lumière sur cette affaire.

Laissant de côté ce plan impossible, le prince de Dusar courait comme un fou dans des couloirs secrets interminables qu'il connaissait bien, pour retrouver la porte de la pièce dans la tour, que Carthoris et Thuvia risquaient de quitter d'un moment à l'autre.

Il avait bien vu la fille retirer la clé et la mettre dans son petit sac suspendu au harnais féminin : mais il se disait que la pointe d'un poignard glissé dans la serrure serait suffisant pour empêcher la clé de rouvrir cette issue et les deux personnes se trouveraient emprisonnées. Ils ne pourraient que mourir ainsi dans l'oubli et l'ignorance de cette chambre secrète, jusqu'à la nuit des temps, où huit planètes mortes tourneraient encore autour d'un soleil devenu froid et lui-même mort.

Astok atteignit finalement en trombe le couloir principal qui menait à la chambre cachée de la tour. Allait-il pouvoir parvenir à temps, devant la porte ? L'Héliumite n'avait-il déjà fait irruption et n'allait-il pas l'intercepter sur son passage ? Astok, à cette idée, sentit un froid lui parcourir l'échine : il n'avait pas du tout l'envergure pour affronter seul la lame implacable.

Enfin la porte allait être atteinte : plus qu'un détour de couloirs et ça y était ! Ils n'avaient pas encore quitté l'appartement et il ne faisait aucun doute, dans ces conditions, que Vas Kor retenait encore l'homme d'Hélium.

Astok ne put retenir un sourire sardonique à l'idée de la manière habile dont il avait dupé son adversaire. Il tourna le coude du couloir à ce moment-là... pour se trouver face à un homme à la peau blanche comme du lait et la chevelure rousse, un géant, de surcroît !

L'individu ne perdit pas de temps à lui demander les raisons de son irruption, il bondit à sa rencontre, la longue épée à la main et portant des assauts en rafales qu'Astok eut du mal à parer, avant de battre en retraite et s'enfuir par où il était venu... encore plus vite !

***

Au même moment, Carthoris et Thuvia sortaient de la pièce secrète.

– Alors, Kar Komak ? demanda Carthoris.

– C'est une chance que tu aies eu l'idée de me laisser en faction devant l'entrée, Homme-Rouge. Je viens juste d'intercepter quelqu'un qui avait drôlement envie d'atteindre cette porte... celui qu'on appelle Astok, prince de Dusar.

Carthoris sourit.

– Où est-il, maintenant ?

– Il a échappé à ma lame et il est parti en courant dans les couloirs.

– Alors, ne perdons pas une seconde ! s'exclama Carthoris, il risque de lancer toute la garde contre nous !

Les trois fugitifs se hâtèrent dans les passages sinueux que Carthoris et Kar Komak retrouvèrent sans peine, grâce aux traces que les sandales des Dusariens avaient laissées sur la fine couche de poussière recouvrant les sols de ces passages rarement fréquentés.

Ils étaient parvenus au vestibule, devant les ascenseurs, sans avoir rencontré aucune opposition. Mais là, ils trouvèrent une poignée de soldats commandés par un officier. Voyant qu'ils étaient étrangers, ils furent interpellés et on leur demanda ce qu'ils faisaient là, dans le palais d'Astok.

Une fois de plus, Carthoris et Kar Komak eurent recours à leurs épées. Avant d'avoir pu atteindre l'une des cabines, le bruit de ces combats mit le palais en émoi. Ils virent et entendirent une armée d'hommes courant en tous sens, au fur et à mesure qu'ils franchissaient les étages, s'élevant à toute vitesse grâce à l'ascenseur. Ils s'agitaient, à la recherche de la cause de ces bruits de combat.

Le *Thuria* était toujours là, à l'étage supérieur, avec trois guerriers pour le garder. L'Héliumite et le Lotharien combattirent une nouvelle fois coude à coude, l'assaut durant finalement assez peu, car le prince d'Hélium aurait pu défaire trois hommes à lui seul.

A peine le *Thuria* eut-il décollé qu'une bonne centaine de combattants bondirent sur l'aire d'atterrissage. Astok était à leur tête et voyant que les deux hommes qui avaient été à sa merci lui glissaient entre les doigts, il trépigna de rage et de chagrin, les menaçant du poing, en proférant d'abominables insultes.

La proue dressée selon un angle invraisemblable, le *Thuria* se rua dans les cieux, semblable à un météore. Une douzaine de patrouilleurs rapides surgirent d'horizons différents et se mirent à sa poursuite car la scène sur l'aire d'atterrissage n'avait pu rester inaperçue.

Une douzaine de coups frôlèrent les flancs du *Thuria* et, comme Carthoris ne pouvait quitter les leviers de direction, c'est Thuvia qui tourna les canons à tir rapide de la proue du vaisseau vers l'ennemi, tout en s'accrochant du mieux sur le pont glissant.

Ce fut une course superbe et un noble combat. Ils étaient une vingtaine maintenant, car d'autres navires dusariens s'étaient joints aux premiers poursuivants. Mais il faut reconnaître qu'Astok avait fort bien conçu son aéronef : le *Thuria*. Aucun des appareils de son auguste père n'était capable de rivaliser de vitesse avec lui ; de plus, nul autre n'était mieux armé ni si bien blindé.

Les poursuivants furent distancés l'un après l'autre. Quand le dernier fut hors de vue, Carthoris inclina l'appareil de manière à voler horizontalement. Le levier de vitesse bloqué sur le cran supérieur, il se rua à travers l'atmosphère ténue de Mars-la-Moribonde, pour aller en direction de l'Orient, vers Ptarth, à treize mille cinq cents haads de là. Un fastidieux vol de trente heures, pour le *Thuria !* De plus, une bonne partie de la flotte dusarienne devait se trouver entre Dusar et Ptarth, la grande bataille aérienne faisant peut-être déjà rage.

Si Carthoris avait connu exactement les positions des grandes flottes belligérantes, il aurait fait route vers elles, du plus vite qu'il pouvait, car le retour de Thuvia, indemne, ne pouvait que ramener rapidement la paix.

***

Ils parcoururent ainsi la moitié de la distance sans apercevoir quoi que ce soit : pas un seul navire de guerre.

A un moment, Kar Komak attira l'attention de Carthoris sur un vaisseau encore très distant : une petite tache posée sur la végétation ocre d'un vaste fond océanique que le *Thuria* survolait rapidement.

De nombreuses silhouettes avaient l'air de s'agiter

tout autour de l'appareil. A l'aide de puissantes lunettes l'Héliumite vit que c'était des guerriers verts et qu'ils ne cessaient pas de charger contre l'équipage du vaisseau désemparé. De quelle nationalité était ce dernier ? Il était impossible de le reconnaître à une telle distance.

Il ne fut pas nécessaire de dérouter l'appareil car sa course passait très exactement au-dessus de la scène de bataille ; Carthoris coupa les moteurs de manière à mieux juger par une vision proche.

Si le navire attaqué se révélait appartenir à une nation amie, il serait aisé de diriger les canons sur les assaillants, mais il ne désirait pas mettre en péril la vie de la précieuse voyageuse par un atterrissage intempestif, ne pouvant apporter en renfort que deux épées, tout juste de quoi protéger la princesse de Ptarth si elle était en danger.

S'approchant du vaisseau touché ils virent que la horde verte était sur le point d'attaquer, quelques minutes tout au plus avant d'assaillir le bastingage blindé, puis leur férocité sanglante s'en prendrait alors aux défenseurs.

– Il est inutile et même dangereux de descendre à leur secours, dit alors Carthoris à Thuvia. Il se peut même que ce soit un navire dusarien – il n'y a aucun emblème reconnaissable. Tout ce que nous pouvons faire c'est tirer à coups de canon contre les hommes de la horde ; et, tout en parlant, il se dirigea vers l'un des canons, tournant sa gueule vers les guerriers verts, sur le côté du navire.

Au premier coup tiré par le *Thuria*, les hommes du vaisseau désemparé levèrent la tête et découvrirent qu'ils étaient soutenus. Aussi hissèrent-ils un emblême à la poupe. Thuvia de Ptarth retint son souffle et jeta un bref coup d'œil à Carthoris, à ses côtés.

C'était le drapeau de Kulan Tith, jeddak de Kaol... l'homme auquel Thuvia était promise !

***

Comme il eut été aisé, pour l'Héliumite, de passer en laissant là son rival subir le sort qui ne pouvait plus tarder ! Personne ne pourrait l'accuser de lâcheté ou de trahison puisque Kulan Tith était en guerre contre Hélium et qu'il n'y avait pas – sur le *Thuria* – d'hommes armés en quantité suffisante pour pouvoir différer, même d'un peu, le destin final qui les attendait inexorablement.

Alors ? Qu'allait donc faire Carthoris, prince d'Hélium ?

Sitôt le fanion déployé par la faible brise qui soufflait, le *Thuria* inclina son avant selon un angle aigu avec le sol.

– Pourrez-vous le manœuvrer ? demanda Carthoris à Thuvia.

La jeune femme fit un signe de tête affirmatif.

– Je vais essayer de prendre les survivants à bord, poursuivit-il et pour cela, il faut que Kar Komak et moi-même manœuvrions les canons, tandis que les Kaoliens se serviront des échelles d'abordage. Tenez la proue inclinée vers le sol, dirigée vers le tir des attaquants ; le blindage est meilleur à cet endroit et, du même coup, les hélices seront protégées.

Il se précipita dans la cabine tandis que Thuvia prenait les commandes. Un moment après, les échelles se déroulaient sur les flancs du *Thuria* et, en une douzaine de points, de chaque côté, des cordes à nœuds se déroulèrent jusqu'au sol. En même temps, un signal parvint depuis la proue :

– Préparez-vous à monter à bord !

Un vivat s'éleva depuis le pont du navire de guerre kaolien. Carthoris qui était revenu dans la cabine, sourit tristement. Il était en train de sauver, hors des mâchoires de la mort, l'homme qui se trouvait entre lui et la femme qu'il aimait !

– Prends le canon avant de bâbord, Kar Komak, dit-il à l'archer tandis que lui-même gagnait l'emplacement du canon tribord.

Ils pouvaient maintenant sentir le choc des impacts d'une mitraille infernale que les Hommes-Verts tiraient rageusement sur le blindage du vaisseau.

A dire vrai, c'est une entreprise désespérée qu'ils tentaient là ; les réservoirs de rayons antigravitationnels pouvaient être transpercés à tout instant. Certes, les hommes à bord du vaisseau endommagé se battaient avec un regain d'ardeur et à leur tête, sur la proue, Kulan Tith combattait courageusement avec ses guerriers farouches et repoussait toujours les assauts des Hommes-Verts.

Le *Thuria* se plaça lentement juste au-dessus de l'autre appareil, tout en continuant de descendre. Les Kaoliens formant des groupes sous la direction de leurs officiers, se préparaient ainsi à monter à bord de l'autre engin.

Mais la fusillade redoubla : mitraille d'enfer, les Hommes-Verts déversant un déluge mortel de destruction contre les flancs du fier appareil sauveteur.

Tel un oiseau blessé à mort, le *Thuria* s'inclina brutalement et se mit à tituber comme un ivrogne, Thuvia redressa bien la proue vers le haut, dans une ultime tentative d'éviter la tragédie de l'écrasement final ; mais tout ce qu'elle réussit à faire fut d'amortir le choc de l'impact, quand l'appareil vint percuter le sol, à proximité de l'autre appareil, également abattu.

Un sauvage cri de joie s'éleva dans le groupe des Hommes-Verts en constatant qu'il n'y avait, finalement que deux guerriers et une seule femme sur le pont du *Thuria* ; quant aux Kaoliens ils poussèrent un cri, eux aussi, mais de déception.

Les assaillants tournèrent leur attention sur ces nouveaux arrivants, en constatant que leurs défenseurs seraient bientôt débordés car peu nombreux. Ils en auraient rapidement raison et, une fois le *Thuria* conquis, ils domineraient aisément l'autre esquif bien que mieux défendu.

***

Alors qu'ils attaquaient, un cri s'éleva : c'était Kulan Tith, sur le pont supérieur de son navire qui saluait ses sauveteurs.

– Qui est-ce ? s'écria-t-il, qui donc a ainsi risqué sa vie au service de Kulan Tith ? On n'a jamais vu un tel exemple de sacrifice sur Barsoom !

La horde verte se ruait sur le *Thuria* alors que la devise de Carthoris s'élevait de la proue du navire, en réponse à la question du jeddak de Kaol. Personne sur le petit appareil ne nota l'effet qu'elle produisit sur les Kaoliens car leur attention était retenue uniquement par ce qui se passait sur leur propre pont.

Kar Komak était immobile derrière son canon, les yeux grands ouverts, comme plongé dans une rêverie, contemplant sans réaction apparente la ruée des hideux guerriers verts. Carthoris remarqua cette expression et en ressentit une sorte de regret, pensant que l'homme ne se révélait pas aussi valeureux qu'il l'avait cru : en ce moment de danger, il était tout aussi falot que Tario ou Jav.

– Kar Komak ! s'écria-t-il, reprends-toi : rappelle-toi les jours de gloire des maîtres de l'océan de Lothar. Combats ! Bats-toi donc ! Combats comme jamais personne ne l'a encore fait. Tout ce qu'il nous reste à faire, c'est de mourir en nous battant !

Kar Komak se tourna vers Carthoris, un sombre sourire aux lèvres.

– Et pourquoi donc combattre, demanda-t-il, contre d'aussi affreux adversaires ? Il y a une autre manière de procéder... bien meilleure : regarde ! et il désigna la coursive au-dessous, qui menait sur le pont.

Une poignée d'Hommes-Verts avait déjà atteint le pont du *Thuria*, Carthoris regardant dans la direction indiquée par le Lotharien. Ce qu'il vit le remplit de joie et lui fit sauter le cœur, de plaisir et de soulagement. Thuvia de Ptarth serait-elle finalement sauvée ?

De plus bas se déversait, en flots continus, des archers géants, terribles et farouches. Non pas les archers quelconques de Tario et de Jav mais bien ceux d'un odwar d'archers – de sauvages combattants, avides de sang.

Les guerriers verts marquèrent un moment de surprise et la consternation se sentit dans leur camp, mais pour un bref moment seulement. Puis, avec d'horribles cris de guerre, ils bondirent pour affronter ces étranges et nouveaux guerriers.

Une volée de flèches les arrêta dans leur progression. En un instant les seuls guerriers verts restant sur le pont du *Thuria* furent des guerriers morts et ceux de Kar Komak bondirent par-dessus le bastingage de l'aéronef afin de poursuivre les hommes de la horde, sur la terre ferme.

***

Utan après utan se déversaient des flancs du *Thuria* pour se lancer à l'assaut des infortunés Hommes-Verts. Kulan Tith et les autres Kaoliens étaient médusés, les yeux grands ouverts et sans un mot, stupéfaits de voir des milliers d'hommes taillés en athlète, féroces soldats émergeant en masse des coursives de ce petit navire qui n'aurait pas dû en contenir plus d'une cinquantaine !

A la fin, les Hommes-Verts ne purent plus contenir cette invasion qui les submergeait littéralement. Lentement d'abord, ils commencèrent à battre en retraite dans la vaste plaine où les archers les poursuivirent. Kar Komak, sur la passerelle du *Thuria* vibrait d'excitation ; il poussa un cri de guerre venu du plus profond de sa poitrine, un cri sauvage des jours lointains oubliés. Il rugit nombre d'encouragements, transmis des commandements à ses utans engagés dans l'action et, comme ils s'éloignaient de plus en plus du *Thuria*, il ne put résister plus longtemps à la frénésie de la bataille.

Bondissant du pont du vaisseau jusque sur le sol, il rejoignit ses derniers archers à la poursuite de la horde verte en fuite, sur toute la surface du fond de la mer Morte. Les fuyards disparurent derrière un vaste promontoire qui avait certainement été une île, autrefois.

Carthoris et Thuvia purent apercevoir la puissante silhouette de Kar Komak, talonné par les archers de ce qui avait été, naguère, dans un passé immémorial une puissante flotte ; il brandissait très haut sa courte épée torquasienne, désignant l'ennemi en déroute à sa propre armée.

***

Comme les derniers combattants disparaissaient derrière le promontoire, Carthoris se retourna vers Thuvia.

– Ces archers évanescents de Lothar m'ont appris quelque chose qui me sert de leçon, dit-il. C'est qu'une fois leur mission accomplie, ils ne restent pas là, à embarrasser leurs maîtres. Kulan Tith et ses guerriers, eux, sont bien réels et présents, pour vous protéger. Mes actes auront constitué par eux-mêmes la preuve de l'honnêteté de mes agissements. Adieu ! et il s'agenouilla devant elle, pour embrasser des pièces de son harnais féminin, en les portant à ses lèvres.

La fille leva une main et la posa sur son épaisse chevelure noire. Elle demanda avec douceur :

– Où donc allez-vous, Carthoris ?

– Je vais rejoindre Kar Komak, l'archer, répondit-il, pour combattre et oublier.

Alors, elle porta la main à ses yeux, comme pour s'empêcher de laisser paraître quelque expression se réflétant dans le regard.

– Que mes ancêtres me viennent en aide et aient pitié de moi ; mais il m'est impossible de vous voir partir ainsi loin de moi. Et, pleurant, elle ajouta : je ne devrais pas le dire, je n'en ai pas le droit, mais restez, Carthoris : restez, mon Seigneur ; restez !... je vous aime !

***

Un petit toussotement se fit entendre par-derrière et ils virent, debout, à quelques pas d'eux, Kulan Tith, jeddak de Kaol.

Aucun ne prit la parole durant un bon moment. Puis, Kulan Tith s'éclaircit la voix.

***

– Je n'ai pu faire autrement que d'entendre tout ce qui vient d'être dit. Je ne suis pas idiot et ne puis être aveugle à l'amour qui règne entre vous. Je ne suis pas non plus oublieux de ce sens élevé de l'honneur qui vous a mené, Carthoris, a risqué votre vie pour sauver la mienne, tout en sachant que cet acte me permettrait de vous voler le bien si précieux que vous aviez dans le cœur.

Je ne peux non plus oublier la vertu qui vous a fait rester les lèvres closes, vous empêchant d'avouer cet amour pour le jeune Héliumite, Thuvia, car je sais pertinemment que je viens d'entendre la première déclaration affirmant votre passion pour lui. Je ne vous en blâme pas ; le seul reproche que je pourrais vous adresser, c'est d'avoir pu envisager un mariage sans amour pour moi.

Reprenez votre liberté, Thuvia de Ptarth, s'écria-t-il et donnez-lui votre confiance pour aller dans la direction où votre cœur est déjà enchaîné. Quand les colliers d'or seront passés autour de vos cous, vous verrez que Kulan Tith sera le premier à lever bien haut son épée, signe d'éternelle amitié en l'honneur du couple constitué par la nouvelle princesse d'Hélium et son royal époux !

LEXIQUE

Ce lexique aidera les lecteurs des quatre premiers volumes de l'épopée martienne de John Carter en leur donnant, alphabétiquement, tout le vocabulaire de termes et d'expressions typiquement martien, inventé, par l'auteur et tel qu'il l'a réparti au fur et à mesure dans l'un après l'autre des titres.

Aanthor : ville morte de l'antique monde de Mars.

Ad : mesure élémentaire de longueur : environ trois millimètres.

Aile de l'espoir (ou de l'espérance) : à Hélium, partie du Temple de la Vérité.

Arbre de Vie : à l'origine de toute vie sur Mars, il y a vingt-trois millions d'ans.

Ames perdues : population assez misérable, d'évadés du royaume des Therns, vivant dans la vallée qui s'étend dans les profondeurs tièdes de la calotte glaciaire du pôle Sud, près du fleuve Iss.

Apt : monstre arctique. Une créature énorme à la fourrure blanche, avec six pattes, dont quatre d'entre elles grosses et courtes, le font progresser sur la glace ; les deux autres sortant de devant les épaules, de chaque côté de son cou puissant et long, se terminent par des sortes de mains blanches, sans poils pour saisir ses proies. Sa tête et sa bouche sont assez semblables, en apparence du moins, à celles de l'hippopotame, à cette différence toutefois que deux défenses sortent de sa mâchoire inférieure, de chaque côté ; elles sont grosses et légèrement recourbées vers le bas pour ensuite remonter à hauteur du front. Ses deux gros yeux s'étendent selon une forme ovale jusqu'au sommet du crâne et de chaque côté de la tête jusqu'à la naissance des deux cornes, de sorte que l'on a l'impression que ces appendices d'attaque naissent comme le prolongement des yeux, lesquels sont composés de plusieurs milliers d'ocelles chacun ; chaque ocelle comporte sa paupière autonome, ce qui permet à l'apt de clore à volonté tout ou partie de ses yeux, selon le degré de lumière.

Astok : prince de Dusar, fils du jeddak de Tario, de Lothar.

Avenue des Ancêtres : grande avenue de la ville d'Hélium.

Banth : bête monstrueuse, sorte de super-lion vivant surtout dans les souterrains du monde des Therns ; que l'on retrouve également dans le fond des mers asséchées.

Bar Komas : jeddak de Warhoon.

Barsoom : mot important qui revient tout le temps,

puisque c'est le nom martien désignant « Mars ». Le cycle de Mars – ou de Barsoom – a donné lieu à une littérature considérable, depuis trois quarts de siècle qu'ERB l'a lancé dans le monde ! Bien sûr, Tarzan l'emporte largement sur John Carter, mais les Sociétés ECOF (Edgar Rice Burroughs Chain of Friendship) aux États-Unis et British Edgar Rice Burroughs Society en Grande-Bretagne font une large place à Barsoom. En France, 1987 a vu une telle guilde se créer, à Toulon, dont l'organe de liaison, bimestriel, s'intitule *BARSOOM !*

Barsoomien : mot également d'usage fréquent, désignant un habitant de Barsoom (Mars).

Calot : sorte de lion de Barsoom. Une bête de proie particulièrement féroce qui rôde dans les basses collines entourant les cuvettes des mers asséchées de la planète Mars antique. Il n'a presque pas de poils, avec, simplement une grande collerette brillante autour de son cou épais. Son corps, long et agile, est supporté par dix pattes puissantes ; ses mâchoires comportent plusieurs rangées de défenses semblables à des aiguilles et sa bouche s'étend fort loin, presque à hauteur de ses petites oreilles. Il a d'énormes yeux verts proéminents.

Carter John : c'est le héros de cette saga martienne qui totalise onze volumes, écrits en plus de trente ans à partir de 1911, jusqu'à 1943 ; Américain de Virginie, guerrier né, translaté sur Mars par une mystérieuse opération mentale.

Carthoris : autre personnage clé, c'est le fils de John Carter avec la princesse d'Hélium, Dejah Thoris (nom composé de Car-ter et Tho-ris).

Chambre des Mystères : lieu de bataille situé dans les falaises d'Or, où John Carter et Tars Tarkas se battent contre des banths.

Dak Kova : jed des Warhoons, puis jeddak.

Darseen : sorte de caméléon martien qui change d'apparence à volonté.

Dator : prince chez les Premiers-Nés.

Dejah Thoris : princesse d'Hélium qui donne son titre au premier volume de la série, femme de John Carter, le Terrien.

Déesse de la Mort : un des titres d'Issus, avec le suivant.

Déesse suprême de Mars :

Dixième cycle : un des grades les plus élevés chez les Saints-Therns.

Djor Kantos : fils de Kantos Kan et padwar d'un utan.

Dor (Vallée de) : vallée encaissée et tiède, au milieu de la calotte glaciaire du pôle Sud, lieu de pèlerinage au terme de la vie des Barsoomiens.

Dotar Sojat : nom martien de John Carter lors de sa captivité chez les Tharkiens, formé par les noms des deux chefs qu'il a tués et dont il « a pris le métal », c'est-à-dire les insignes.

Dusar : un des royaumes martiens.

Dwar : capitaine.

Ersite : une sorte de pierre dure à grains fins.

Éternel mystère : expression utilisée une seule fois par

John Carter en parlant de ce qu'un autre aurait qualifié de Dieu.

Falaises de Dor ou *Falaises d'Or* : elles surplombent la mer de Korus et sont constituées de blocs d'or natifs et de pierres précieuses.

Azava : femme défunte de Tars Tarkas, mère de Sola.

Grands jeux : fêtes rituelles chez les Premiers-Nés se déroulant dans des arènes.

Gur Tus : capitaine (dwar) du dixième régiment (utan).

Haad : « mile » martien.

Hal Vas : fils de Vas Kor, noble et agent secret de Dusar.

Hastor : ville du royaume d'Hélium.

Hekkador : titre donné au « père des Therns » et leur supérieur Mataï Shang.

Hélium : empire des Hommes-Rouges, dont le jeddak est le grand-père de Dejah Thoris.

Hélium : ville double, capitale du royaume du même nom ; faite de deux cités jumelles distantes de cent vingt kilomètres et ayant en leur centre deux immenses tours de un kilomètre et demi de hauteur : l'une rouge et l'autre jaune (ce symbolisme est expliqué dans la postface du troisième volume : *Le Guerrier de Mars*.

Héliumite : habitant du royaume et de la capitale double portant le nom d'Hélium.

Hommes-au-teint-clair : quelques survivants de l'ancienne Mars à Lothar.

Homme-Jaune : habitant martien de la calotte arctique.

Homme-Noir ou *Premiers-Nés :* l'une des races martiennes vivant au pôle Sud, dans l'Antarctique, bénéficiaire du système religieux de toute la planète Mars, lequel est, en réalité, basé sur une immense duperie.

Homme-Plante : race habitant la vallée de Dor. Ils mesurent entre trois mètres et trois mètres cinquante quand ils se tiennent debout ; leurs bras sont très courts et avec la forme d'une trompe d'éléphant sinuante ; le corps n'a pas de poils et est d'un bleu évoquant les vampires, à l'exception d'une large bande blanche entourant l'œil unique, protubérant ; la pupille, l'iris et le globe sont d'un blanc éblouissant. Le nez est un trou aux bords déchiquetés, enflammé, de forme circulaire au centre de la face pâle, semblable à une blessure faite par un projectile, qui n'a pas encore eu le temps de saigner. La tête n'a pas de bouche mais est recouverte d'une masse emmêlée de cheveux d'un noir de jais dont chaque branche a l'épaisseur et l'apparence d'un asticot de vingt à vingt-cinq centimètres de longueur. Le corps, les membres – bras et jambes – ont une forme humaine mais de proportion monstrueuse, les pieds ayant bien un mètre de longueur, très plats et larges. Se nourrir consiste à faire aller et venir leurs étranges mains sur la surface du gazon, coupant ainsi la végétation tendre avec le tranchant de leur talon, comme un véritable rasoir et aspirant cette récolte à l'aide des deux bouches de chacune de ses paumes. Ils disposent d'une queue massive, d'environ deux mètres de long presque ronde à la naissance du corps mais devenant plate vers l'extrémité, se terminant comme une lame formant un angle droit avec le reste et pointant vers le sol.

Homme-Rouge : population la plus courante et la plus évoluée aussi de Barsoom : Dejah Thoris en est une représentante.

Homme-Vert : une des races de Barsoom, occupant les fonds des mers asséchées, particulièrement belliqueuse, dont Tars Tarkas devient le chef.

Hordes : mot fréquemment employé pour désigner les tribus guerrières d'Hommes-Verts.

Hortan Gur : jeddak de Torquas.

Hor Vastus : padwar dans l'aéroflotte de Barsoom.

Horz : cité déserte de Barsoom qui sert de point 0° pour établir les longitudes.

Huitième rayon : c'est la huitième couleur du spectre solaire, rayonnement inconnu sur Terre, qui assure la propulsion des aéronefs géants et des esquifs aériens individuels ou collectifs.

Illal : ville d'Okar.

Iss : rivière du royaume des morts, où les Barsoomiens partent en pèlerinage, pour terminer leur vie.

Issus : déesse suprême, nantie de nombreux titres religieux, en réalité vieille femelle tyran, démasquée et abattue à la fin, du fait de l'intervention de John Carter.

Jav : un Lotharien, aide du jeddak local qui pratique les réincarnations psychiques.

Jed : roi.

Jeddak : empereur.

Kab Kadja : jeddak des Warhoons du sud.

Kadabra : capitale du royaume d'Okar, située dans l'Arctique.

Kadar : garde.

Kalkans : nom d'un vaisseau, sur lequel se trouve Vas Kor.

Kantos Kan : padwar dans la flotte d'Hélium, puis son chef suprême.

Koal : un des royaumes de Barsoom situé dans la partie extrême orientale.

Kaor : forme de « salut » martien.

Karad : degré martien.

Komal : c'est le dieu de Lothar : un énorme banth.

Korad : une cité morte de l'ancienne Mars.

Korus : mer perdue de Dor, sacrée ; on la dit aussi mer Perdue. Elle marque le paradis de tout dans le système religieux barsoomien.

Kulan Tith : jeddak de Kaol.

Lakor : un Thern.

Larok : un guerrier artificier dusarien.

Lorsquas Ptomal : un jed parmi les Tharkiens.

Lothar : une cité de Barsoom, dissimulée dans une vallée.

Lunes de Mars : elles jouent un grand rôle par leurs phases. La plus rapprochée est très souvent invoquée et prend le nom martien de Thuria ; il faudra attendre le huitième roman de la série pour savoir que l'autre s'appelle Cluros. (Ce sont Phobos et Déimos pour nous, sur Terre.)

Marentina : une principauté d'Okar.

Mars : c'est évidemment la quatrième planète du système solaire, lieu des aventures extraordinaires de John Carter, dans ce cycle de romans. En langage martien, c'est Barsoom. Il suffit d'intervertir le B et le M pour obtenir « Mars-oob » dans lequel Mars se retrouve aisément.

Martien-Blanc : autre nom du Thern.

Martien-Jaune : habitant du pôle Nord.

Martien-Noir : habitant d'Omean (pôle Sud).

Martien-Rouge : habitant d'Hélium, royaume principal de Barsoom.

Martien-Vert : habitant barsoomien à moitié sauvage, des fonds des mers desséchées. Évidemment, dans ce mélange, on reconnaît l'humanité terrienne inversée : les Rouges de Mars sont les Blancs de la Terre ; les Verts de Mars sont les Peaux-Rouges de la Terre ; les Noirs de Mars sont les prêtres et les clergymen, hommes de religion ; les Blancs sont les Noirs (nègres) de la Terre ; quant aux Jaunes de Mars, ce seraient les Lapons de la Terre.

Mataï Shang : chef des Saints-Therns, portant aussi le nom de Père des Therns ; père réel de Phaidor, sa fille.

Maître de la vie et de la Mort : un des titres religieux de Mataï Shang.

Mère de la Lune proche : un des titres d'Issus.

Mors Kajak : jed du petit Hélium et père de Dejah Thoris.

Neuvième rayon : neuvième couleur du spectre lumineux solaire, rayonnement inconnu de la Terre, tout comme le huitième. C'est lui qui assure la régénération en air de l'atmosphère raréfiée de Barsoom.

Notan : psychologue royal du jeddak Than Kosis.

Nutus : jeddak de Dusar.

Od : pied martien.

Odwar : général et, plus spécialement, un commandant.

Okar : pays des Hommes-Jaunes.

O-Mad : homme qui n'a qu'un seul nom, donc de qualité inférieure.

Omean (Mer d') : mer intérieure, située à trois kilomètres de profondeur, sous la calotte glaciaire, en plein pôle Sud de la planète Mars : c'est le territoire des Premiers-Nés, ou Hommes-Noirs.

Orluk : un monstre arctique, à bandes alternées noires et jaunes.

Otz (Vallée et mer d') : les monts entourant la vallée de Dor, siège du prétendu paradis de Barsoom.

Padwar : lieutenant.

Panthan : un soldat mercenaire.

Parthak : le Zodanguien qui a apporté sa nourriture à John Carter dans les fosses de Zat Arras.

Père des Therns : un des titres de Mataï Shang.

Phaidor : fille de Mataï Shang, une Thern, très belle, amoureuse de John Carter et jalouse de Dejah Thoris.

Piédestal de la Vérité : tribune où se tient John Carter dans le Temple de la Vérité.

Pimalia : fleur somptueuse spécifiquement martienne.

Pirates Noirs : Hommes-Noirs, adversaires des Therns, également dits Premiers-Nés parce qu'ils se disent avoir peuplé Barsoom en tout premier, à partir de *l'Arbre de Vie ;* les exégètes de l'œuvre d'Egar Rice Burroughs l'ont pris au pied de la lettre et interprètent « les Nègres », mais il est une autre interprétation, donnée ci-dessus, à l'article : Homme-Vert.

Porte des Jeddaks : porte monumentale dc la grande Hélium, suivie de l'avenue du même nom, de huit kilomètres de long.

Premiers-Nés : nom que se donnent les Noirs, habitant la mer souterraine d'Omean (voir Pirates Noirs).

Prince Soran : chef de la marine de Ptarth.

Princesse de la Vie Éternelle : un des titres d'Issus.

Ptarth : royaume martien, qui est celui de Thuvia.

Puits : orifice vertical de trois cents mètres de diamètre et trois kilomètres de profondeur, situé au pôle Sud et par lequel on accède à la mer souterraine d'Omean et à la mer de Korus, la dernière partie verticale s'effectuant grâce à un gigantesque ascenseur magnétique.

Race Immortelle : qualificatif que se donnent les Premiers-Nés, ou Hommes-Noirs, qui est une de leurs croyances religieuses.

Revolver au Radium : arme redoutable, aux balles remplies de sels de radium, censées exploser à la lumière du jour.

Rivière Mystérieuse : qualificatif d'Iss.

Sab Than : prince de Zodanga, jed et fils de Than Kosis, jeddak des Martiens-Rouges ennemis d'Hélium.

Sofad : équivalent de la mesure anglaise, l'*inch*.

Saint-Thern : catégorie supérieure de Therns ; pierre angulaire de la religion planétaire barsoomienne.

Sak : mot barsoomien signifiant « saut » ou « saute ! ».

Salensus Oll : jeddak d'Okar.

Saran Tal : majordome de Carthoris.

Sarkoja : Femme-Verte, très âgée et perfide.

Sato Throg : Saint-Thern du dixième cycle.

Shador : île sur la mer d'Omean, où s'élève une prison.

Silian : animal marin, affreux et visqueux, vivant dans la mer de Korus.

Sith : monstre analogue à un frelon mais immense. Sa

tête est unie, aussi grosse que celle d'un énorme taureau ; ses mâchoires sont effrayantes et, à l'arrière, il dispose d'un aiguillon géant tout aussi effrayant. Les yeux globulaires, occupent les trois quarts de la face, constitués de milliers de facettes lui permettant de voir dans toutes les directions en même temps.

Singes-Blancs : cette espèce martienne, presque toujours dite « grands Singes-Blancs », ressemble tout à fait aux gorilles terrestres, mis à part que son pelage est blanc, qu'il comporte quatre bras et qu'il mesure près de quatre mètres !

Skell : bois martien très dur.

Sola : jeune homme appartenant aux Martiens-Verts, fille clandestine de Gozava et de Tars Tarkas (personnage sympathique du roman, l'histoire de sa naissance clandestine est narrée au chapitre XV du premier volume).

Solan : officier du palais.

Sompus : variété d'arbre.

Sorak : petit animal martien – analogue au chat – favori des Femmes-Rouges de haute condition.

Sorapus : comme le skeel, variété de bois dur, à grains fins.

Sorav : officier de Salensus Oll.

Sous-Marin : appareil faisant la navette par un tunnel horizontal et deux puits verticaux, entre la mer d'Omean et le Temple d'Issus.

Tal : mesure martienne correspondant peu ou prou à la seconde.

Tal Hajus : jeddak des Tharkiens, personnage vicieux et très déplaisant du roman ; finalement tué par Tars Tarkas.

Talu : prince rebelle de Marentina.

Tan Gama : guerrier Warhoon.

Tardos Mors : jeddak des Héliumites, père de Mors Kajak et grand-père de Dejah Thoris.

Tario : jeddak de Lothar.

Tars Tarkas : Martien-Vert dont John Carter fait son grand ami et allié, père de Sola. Il devint le jeddak des Tharkiens.

Temple d'Or d'Issus : demeure de la prétendue déesse Issus, au milieu de la forêt bordant la mer de Korus.

Temple de la Récompense : lieu de jugement, dans Hélium.

Temple du Soleil : temple en forme de minaret dont les chambres intérieures tournent dans le temps d'une année martienne (669 jours martiens).

Thabis : chef chez Issus.

Than Kosis : jeddak de Zodanga et père de Sab Than.

Thark : ancienne cité de la Mars du temps de la splendeur, occupée par les Hommes-Verts de Tal Hajus et Tars Tarquas.

Tharkiens : Hommes-Verts et Femmes-Vertes de la grande horde ayant Thark pour capitale, avec qui John Carter passe une partie du roman, d'abord comme prisonnier, puis en qualité d'allié.

Thern : population d'Hommes-Blancs, qui dupent le peuple de Barsoom avec un système de croyance leur servant à ne rien faire et à vivre dans l'opulence.

Thoat : animal fabuleux qui sert de monture aux Barsoomiens, l'équivalent du cheval sur Terre, comme le « calot » est le chien, le « Sorak » le chat et le « Zitidar » l'éléphant.

Thor-Ban : un des jeds parmi les Hommes-Verts de Torquas.

Thorian : chef des Therns inférieurs.

Throxus : le plus vaste des cinq anciens océans de Barsoom.

Thurds : une horde Verte ennemie de Torquas.

Thuria : nom de la lune la plus rapprochée de Mars.

Thurid : dator Noir des Premiers-Nés, vaincu par John Carter.

Thuvan Dihn : jeddak de Ptarth, père de Thuvia.

Thuvia : jeune fille qui a été quinze ans prisonnière des Therns, amoureuse de John Carter, qu'elle sauve et qui la sauve à son tour ; future femme de Carthoris.

Torith : dator Noir des Premiers-Nés, vaincu par John Carter.

Torkar Bar : noble Kaolien ; dwar des routes de Kaol.

Torquas : une des hordes de Martiens-Verts.

Turjun : un des noms d'emprunt qu'utilise Carthoris, pour rester incognito.

Usine atmosphérique : fantastique complexe, usine de trois kilomètres sur trois, assurant la synthèse de l'air martien qui a tendance à disparaître. Fonctionne à partir du neuvième rayonnement ; sa marche est assurée par deux hommes seulement. On en a la description dans le premier volume, au chapitre XX, et la grandiose scène finale du chapitre XXVII se déroule devant ses portes au mécanisme secret.

Utan : cent soldats, parmi les Hommes-Rouges d'Hélium.

Vas Kor : noble Dusarien.

Ver à seize pattes : une des quatre créatures portées par le premier fruit de l'Arbre de Vie.

Virginie : État sur la côte est des États-Unis, dont John Carter est particulièrement fier d'être originaire.

Warhoon : communauté d'Hommes-Verts, très frustres et primitifs, ennemie des Tharkiens.

Woola : symphatique calot (voir ce mot) qui s'attache à John Carter et lui sauve la vie par trois fois, le retrouvant également à trois reprises au cours du roman.

Xat : une « minute » de temps martien.

Xavarian : nom du vaisseau aérien d'Hélium transportant John Carter du pôle Sud à Hélium.

Xodar : dator chez les Premiers-Nés, qui devient allié et ami de John Carter.

Yersted : nom du commandant Noir du sous-marin.

Zad : un guerrier tharkien qui provoque John Carter en duel.

Zat : équivalent de la minute martienne.

Zat Arras : jed de Zodanga, assurant l'intérim du jeddak à Hélium.

Zithad : dator des gardes d'Issus.

Zitidar : animal mi-sauvage, mi-domestique, monumentale bête de trait, analogue à l'éléphant.

Zodanga : capitale d'un État d'Hommes-Rouges, en guerre contre Hélium ; Than Kosis en est le jeddak.

Zodanguien : habitant de Zodanga et membre du peuple des cultivateurs des zones de « canaux » martiens s'étendant en lanières rectilignes, d'un pôle à l'autre.

Zode : équivalent de « l'heure » sur Mars, en système décimal.

POSTFACE

La planète Mars comme la voyait Edgard Rice Burroughs et telle qu'elle est véritablement

Au terme de ce quatrième volume de la série (de onze) consacrée aux aventures martiennes de John Carter, nous sommes en droit de nous demander dans quelle mesure le cadre choisi par l'auteur est conforme à la réalité.

Certes, un romancier a (presque) tous les droits et peut fort bien imaginer un cadre quelconque à l'évolution de son action et celles de ses personnages imaginaires : c'est là un privilège tacitement admis par tous et nous n'allons pas le lui disputer dans une contestation bien vaine, sous prétexte qu'il y a beaucoup de fautes scientifiques dans son tableau.

Néanmoins, dans le cas précis de John Carter, il subsiste une certaine ambiguïté, ouvrant la porte à discussion. Une lecture attentive des trois ou quatre premiers titres – et tout particulièrement celle du premier – montre que Burroughs a vraiment voulu insérer son héros dans le monde exact et vraiment physique de la planète Mars. Dans ces conditions, que pouvait-il faire à son époque (1911-1914), sinon utiliser ce que l'on savait – ou croyait savoir ! Il est évident qu'il a potassé les ouvrages astronomiques contemporains en utilisant tout ce qu'ils apportaient, les digérant plus ou moins bien, car il y a des erreurs personnelles assez criantes qui prouvent qu'il travaillait sans se garantir des avis d'un astronome, même amateur, lequel lui aurait évité quelques erreurs élémentaires.

Divisons donc cette petite étude en deux parties :

1) ce que l'on savait déjà – ou disait – en ce début du XXe siècle ;

2) ce que l'on sait de plus, depuis 1976 où les deux sondes *Viking* se sont posées sur Mars et nous ont tant appris, avec les prises de vues de leurs deux compartiments photographiques, restés satellites de la planète.

***

Les seuls moyens de l'astronomie terrestre, dont s'est servi Burroughs pour « loger » John Carter sur Mars, apportaient déjà beaucoup de renseignements. Jugeons-en.

La quatrième planète du système solaire (la Terre est la troisième, après Mercure et Vénus) possède une orbite nettement plus elliptique que celle de la Terre, presque circulaire. Ce fait envoie Mars de 204 millions de kilomètres du soleil à la périhélie (point le plus rapproché du Soleil), à 246 à l'aphélie (point le plus éloigné), alors que la Terre gravite entre 147 et 152 millions de kilomètres. Une conséquence de ces chiffres, c'est que la Terre se rapproche de Mars dans le cas le plus favorable de moins de 50 millions de km, alors qu'il lui arrive de s'en éloigner à plus de 360 millions. Ce qui rend absurdes les 73 millions de km plusieurs fois invoqués par l'auteur de Tarzan comme « éloignement moyen », dont on ne sait vraiment pas d'où il les a sortis.

Cela dit, il existe entre la Terre et Mars de profondes similitudes : la rotation sur elle-même : 23 heures 56 mn 13 s pour la Terre et 24 h 37 mn 34 s pour Mars, l'inclinaison de l'axe nord-sud vaut $23^{0}27'$ pour la Terre et $23^{0}59'$ pour Mars. Cette coïncidence est étonnante mais c'est ainsi – elle change d'ailleurs avec le temps (cf. *infra*). La ressemblance des saisons est donc des plus grandes dans leur nature et dans leur alternance, encore que la révolution circum-solaire soit pratiquement double 365,26 jours pour nous contre 687,3 jours (terrestres) pour Mars. Là intervient la bourde monumentale de Burroughs qui a pris ce second chiffre pour délai du retour de sa tour pivotante, où Dejah Thoris est emprisonnée. Mais si les terrestres mesurent les caractéristiques des autres planètes à leur aune, par commodité *sui generis,* il est bien évident que les « Martiens » se servent de leur jour à eux (appelé « sol » depuis quelque temps) et non pas du nôtre, dont ils n'ont vraiment que faire !

L'année martienne vaut 667,7 sols et c'est là le véritable nombre de jours martiens (donc de pièces), temps de rotation du piège diabolique d'Issus à la fin du second roman et début du troisième, et nullement 687 comme il le dit !

Après cette erreur de Burroughs, on relèvera encore « la merveilleuse vision de la Terre au milieu de la nuit martienne », évoquée dans le second volume. Belle poésie, peut-être, mais erreur astronomique à hurler. La terre étant, pour Mars, une planète intérieure, elle serre de près les couchers et levers du soleil, tout comme Vénus pour nous, cette dernière étant « l'étoile » du soir au coucher du soleil et « l'étoile » du Berger à son lever. Il en est exactement de même pour les Martiens quand ils voient la Terre : elle suit le Soleil et on ne la voit nullement « en pleine nuit » !

Autre grosse erreur astronomique, souvent utilisée, celle « des deux lunes de Mars qui se ruent dans le ciel et qui donnent une somptueuse luminosité » ! Hélas ! on est là bien loin de la réalité ! D'abord la dénomination de « lunes » n'est pas appropriée : Mars possède deux satellites naturels, d'ailleurs pas si naturels que cela, car ce sont probablement d'anciens astéroïdes captés naguère : petits blocs rocheux, de composition analogues aux chondrites charbonneuses, une variété de météorites qui tombe quelquefois sur Terre.

Donc rien à voir avec notre Lune qui est une planète à part entière, formant avec la Terre un véritable système double dont le système solaire ne comporte qu'un seul autre exemple : le doublet Pluton-Charon. Non ! les deux satellites de Mars : Phobos et Déimos (la Terreur et la Crainte, en grec ancien) – alias Thuria et Cluros pour John Carter – sont deux blocs de forme « patatoïde », dont le premier mesure 27 km sur 21 et 19, gravitant à 6 000 km de la surface de Mars et le second, deux fois plus petit encore, tourne à moins de 20 000 km du sol de la planète rouge. Le premier se rapproche sans cesse et finira par tomber sur Barsoom dans x millions d'années, qui peuvent être quelques dizaines de millions d'ans.

Mais là n'est pas la question. Phobos se « rue » peut-être dans le ciel de Mars puisqu'il tourne autour en 7 h et demie, ce qui, compte tenu de la rotation en 24 h 40 mn de la planète sur elle-même, lui donne un mouvement rétrograde (d'ouest en est) très rapide, le survol ayant lieu entre deux et trois fois par jour. Mais Déimos, lui, tourne autour en 1 jour et 6 heures (terrestres) et se situe – pure coïncidence – non loin de l'altitude martienne des satellites stationnaires (36 000 km de la surface, pour la Terre) ; il a donc un mouvement apparent excessivement lent dans le ciel martien. Pas de chance, donc, M. Burroughs et on s'étonne vraiment qu'aucun astronome de métier, ou même un amateur, ne vous l'aie jamais dit, ce qui vous aurait largement donné le temps de rectifier dans vos éditions successives. Il semblerait que vous ne le vouliez pas, ne relisant jamais vos manuscrits, dictés et non écrits. Mais est-ce bien vrai ?

Si l'on aborde alors la question concomitante de la luminosité produite par ces prétendus « phares éclatants », la question devient quasi risible. Le diamètre apparent de Phobos vu de Mars n'est que la moitié de celui de la Lune vue de la Terre ; ce rocher reçoit en gros neuf fois moins de lumière solaire, étant trois fois plus loin. En outre, son « albedo » – ou pouvoir réflecteur – est très bas, de par sa consistance charbonneuse, donc noirâtre. Au total, ce corps illumine Mars à peu près vingt fois moins que la Lune n'éclaire la Terre. Alors ? où sont ces nuits somptueusement illuminées que l'on rêve en lisant ces romans ? Déimos ? mais il est deux fois plus petit et trois fois plus loin, donc encore quarante fois moins lumineux que Phobos, qui l'est déjà si peu ! Ce dernier est une petite tache grisâtre dans le ciel, peu visible ; à moins que les Martiens n'aient des yeux particuliers, adaptés à une forte pénombre... on ne sait jamais !

Encore une erreur qui se trouve quelque part : le beau coucher d'un soleil rouge à souhait, dans un ciel d'un bleu azur superbe. Non ! Les photos envoyées par les sondes *Viking* nous montrent que le ciel est, là-bas, d'un rose saumon des plus étonnants et que les couchers de soleil y sont particulièrement étranges : l'astre central entouré d'un très large halo fait d'immenses taches elliptiques concentriques, les couches elliptiques étant très aplaties !

Nous touchons là le défaut général de toute la science-fiction : celui de l'indécrottable anthropocentrisme. On peut le résumer ainsi : « C'est comme ça chez nous, donc ce doit être semblable là-bas ! » Pas du tout ! les solutions de la Mère Nature sont infinies et surtout fort imprévisibles ; il y a très peu de chances pour que nous retrouvions les nôtres ailleurs.

***

Ayant beaucoup parlé astronomie, nous serons un peu plus gâtés par la physique.

Burroughs n'a pas trop mal utilisé les connaissances de son temps : gravitation donc pesanteur égale au tiers de celle de la terre ; un monde desséché et sans eau, aux anciens océans possibles asséchés complètement ; air raréfié et froid dominant.

Une erreur d'estimation : la fameuse mousse ocre qu'il suppose recouvrir tout le sol d'un pôle à l'autre, cela pour expliquer la teinte générale rougeâtre de la planète. On sait maintenant qu'il n'y a pas l'ombre d'une mousse et que c'est le sol qui a fixé tout l'oxygène de l'atmosphère, devenant en quelque sorte « rouillé » et donc rougeâtre.

Mais ce ne sont pas des « erreurs » au sens propre du mot car seule l'observation sur place pouvait le dire. De même le vieux problème séculaire des fameux « canaux » découverts dans les années 1880 par l'astronome italien Schiaparelli. La littérature de ces canaux (« canali » en italien signifiant plutôt « chenaux ») est proprement stupéfiante. Hélas ! les photos des deux compartiments photographiques des sondes *Viking* n'ont pas vu la moindre esquisse d'un chenal, ou canal, lesquels n'étaient que des phénomènes optiques dus à l'imperfection des télescopes qui ne sont pas conçus pour observer les surfaces des planètes mais les fonds stellaires.

Encore quelques données. John Carter vit certainement d'oxygène, comme tout un chacun ici-bas. Il est dont fort fâcheux que l'atmosphère très raréfiée de Mars soit composée de 95 % de gaz carbonique ! Ce sont les mauvais coups de la science et Burroughs est mort sans le savoir. En outre, on peut assurer maintenant que la surface de Mars c'est le Sahara (pour la sécheresse), placée au pôle Nord (pour le froid) et montée à quinze kilomètres d'altitude (pour la raréfaction de l'atmosphère). Monde bien ingrat, en somme ! Les températures sont de -170^0 centigrade, aux Pôles, et située entre 5^0 et 20^0 au-dessus du zéro, à l'équateur.

Tout cela est pour maintenant. Mais, comme la Terre, Mars voit varier périodiquement l'excentricité de son orbite ainsi que celle de l'inclinaison de son axe de rotation. Les périodicités sont comprises entre cent mille ans et un million d'années (terrestres). En les composant, on obtient des variations de températures considérables et se reproduisant avec des périodicités composites semblables à celles de nos glaciations. Une chose est certaine : la température passe par des maxima qui doivent permettre à la neige carbonique des calottes pôlaires de fondre et l'atmosphère passe de un millibar à mille millibars, soit pratiquement notre pression atmosphérique terrestre. Que se passe-t-il alors ? Nul n'en sait rien ; le sol libère-t-il son eau fixée en profondeur (?) et voit-on alors les fleuves couler et des mers se reformer, comme les traces en sont si visibles sur les photos ?

Il se peut, que ce soit un monde cyclique dont les conditions physiques sont tellement proches du point « néant » qu'il évolue sans cesse du « rien », dans lequel on le trouve actuellement, à une forme d'activité – on n'ose dire de vie – qu'il nous semble qu'il devrait avoir.

Terminons par un mauvais tour que la science a joué – une fois de plus – au romancier. Burroughs affirme quelque part qu'il n'y a pas de montagnes sur Mars et que même les collines y sont très basses, rabotées et arrondies qu'elles sont par le temps. Or, *Olympus Mons* fait la bagatelle de vingt-sept kilomètres d'altitude et c'est la plus haute montagne de tout le système solaire, avec une base de six cents kilomètres d'extension : bref, toute la France recouverte, avec, au-dessus de l'Auvergne, un sommet trois fois plus élevé que l'Himalaya ! Que John Carter ne l'a-t-il su ! Ses aventures en auraient encore été magnifiées. Mais elles le sont déjà bien assez... pour notre plus grand plaisir !

Charles-Noël Martin

Table des matières

COLLECTION « ÉPÉES ET DRAGONS »

– La Geste de Kadji, Lin Carter

LE CYCLE DE SKAITH
Leigh Brackett

– Le Secret de Skaith
– Les Chiens de Skaith
– Les Pillards de Skaith

LE CYCLE DE THONGOR
Lin Carter

– Thongor et la Cité des Dragons
– Thongor et la Cité de la Flamme
– Thongor et la fin des Temps
– Thongor contre les Dieux
– Thongor et la Cité des magiciens
– Thongor contre les Pirates de Tarakus

LE CYCLE DU GUERRIER DE MARS
Michael Moorcock

– La Cité de la Bête
– Le Seigneur des Araignées
– Les Maîtres de la Fosse

LE CYCLE DE MARS
Edgar Rice Burroughs

– Une princesse de Mars
– Les Dieux de Mars
– Le Guerrier de Mars
– Thuvia, Vierge de Mars

LE CYCLE DE RAVEN
Richard KIRK

- Maîtresse du Chaos
- L'Araignée d'Émeraude
- Le Dieu de Glace

LE CYCLE DE PERN
Anne McCaffrey

- Le Chant du dragon
- Le Dragon Chanteur
- Les Tambours de Pern

L'IMPRESSION ET LE BROCHAGE DE CE LIVRE
ONT ÉTÉ EFFECTUÉS PAR LA SOCIÉTÉ NOUVELLE FIRMIN-DIDOT
MESNIL-SUR-L'ESTRÉE
POUR LE COMPTE DES ÉDITIONS ALBIN-MICHEL
LE 30 NOVEMBRE 1989

Imprimé en France
Dépôt légal : décembre 1989
N° d'édition : 10102 - N° d'impression : 12721